何其芳

何其芳 著

紧握着
每一个新鲜的早晨

浙江文艺出版社
Zhejiang Literature & Art Publishing House

图书在版编目（CIP）数据

何其芳：紧握着每一个新鲜的早晨 / 何其芳
著 . —杭州：浙江文艺出版社，2024.5
ISBN 978-7-5339-7501-2

Ⅰ.①何…　Ⅱ.①何…　Ⅲ.①散文集—中国—现
代　Ⅳ.①I266

中国国家版本馆 CIP 数据核字（2024）第 043686 号

统　　筹	王晓乐	封面设计	广　岛
责任编辑	丁　辉	封面插画	Stano
责任校对	许红梅	营销编辑	张恩惠
责任印制	吴春娟	数字编辑	姜梦冉　诸婧琦

何其芳：紧握着每一个新鲜的早晨

何其芳　著

出版发行　浙江文艺出版社
地　　址　杭州市环城北路 177 号
邮　　编　310006
电　　话　0571-85176953（总编办）
　　　　　0571-85152727（市场部）
制　　版　杭州天一图文制作有限公司
印　　刷　浙江新华印刷技术有限公司
开　　本　880 毫米×1230 毫米　1/32
字　　数　132 千字
印　　张　7.625
插　　页　2
版　　次　2024 年 5 月第 1 版
印　　次　2024 年 5 月第 1 次印刷
书　　号　ISBN 978-7-5339-7501-2
定　　价　39.80 元

出版说明

　　自五四新文化运动以来，中国文学面目一新。在中西方文化的碰撞与融合中，小说、诗歌、戏剧等文学形式完成蜕变与新生，而散文以其自由自在的天性，踵事增华，其成果蔚为大观。

　　郁达夫认为，较之古代的"文"，现代中国散文有三点特异之处，即"'个人'的发见""内容范围的扩大""人性，社会性，与大自然的调和"（《中国新文学大系·散文二集·导言》）。散文家们兼收并蓄，将万事万物融于一心，"以我手写我口"，取径不同，或叙事、抒情、议论，或写人、描景、状物；风格各异，或蕴藉、洗练、飞扬，或磅礴、绮丽、缜密。就应用而言，以学识、阅历、心境为核心的小品文，以小见大，言近旨远，张扬个人性情；以观察、讽刺、同情为底色的杂文，见微知著，刚柔相济，召唤战斗精神……种种流派，非止一端。

　　为了给当代读者提供一套选目得当、编校精良的散文选本，我们推出"名家散文"系列，从灿若星辰的中国现代散文家中遴选出一批作者，精选其散文创作中的经典作品，结集成册，以飨读者，或可视作对百年现代中国散文的一次阶段性回顾与总结。我们相信，尽管这些作品产生的背景千差万别，但其呈现的智识与感性、追求与希冀，是跨越时空而能与读者共鸣的。我们也相信，经典之所以为经典，因其经得起时间的汰洗，这里的文章，初读，是迎面撞上万千世界，吉光片羽，亦足珍惜；再读，则是与无数智者的重逢，向内发现自己，向外发现众生。

文学的历史同时也是一部语言文字的历史，而汉语的标准化也随着时间的推移不断地演变、更新。五四白话文运动以来，文学语言流动而多变，呈现出丰富和复杂的样貌。文字、词汇、语法的繁芜丛杂背后，是思想文化的多元与活跃，也是作家不同审美取向和个人风格的展现。因此，我们在编辑过程中尽量尊重文章原刊或初版时的面貌，使读者能够感受到语言的时代特色，比如"的""地""底"共存的现象。同时，考虑到读者尤其是学生的阅读需求，我们按当下的规范做了有限度的修订。

编辑出版工作中难免存在不足之处，热忱欢迎广大读者批评指正。

浙江文艺出版社

目　录

· 1 ·

还乡杂记

画梦录

她用手紧握着每一个新鲜的早晨，而又放开手叹一口气让每一个黄昏过去。

1936年，《画梦录》由上海文化生活出版社出版，后获《大公报》文艺金奖。本辑收录其中所有作品。

扇上的烟云（代序）

设若少女妆台间没有镜子，

成天凝望悬在壁上的官扇，

扇上的楼阁如水中倒影，

染着剩粉残泪如烟……

"你说我们的听觉视觉都有很可怜的限制吗？"

"是的。一夏天，我和一患色盲的人散步在农场上，顺手摇一朵红色的花给他，说是蓝的。"

"那么你替他悲哀？"

"我倒是替我自己。"

"那么你相信着一些神秘的东西了。"

"我倒是喜欢想象着一些辽远的东西，一些不存在的人物。和许多在人类的地图上找不出名字的国土。我说不清有多少日夜，像故事里所说的一样，对着壁上的画出神遂走入画里去了。但我的墙壁是白色的。不过那金色的门，那不知是乐园还是地狱的门，确曾为我开启过而已。"

"那么你对于人生？"

"对于人生我动心的不过是它的表现。唉，自从我乘桴浮于海，一片风涛把我送到这荒岛上，我是很久很久没有和人攀谈了。今天我却有一点说话的兴致。"

"那么你就说吧。"

"我说，我说我这些日子来喜欢一半句古人之言。于我如浮云。我喜欢它是我一句文章的好注脚：不知何时起世上的事都使我厌倦。那时我刚倾听了一位丹麦王子的独语，一个真疯，一个佯狂，古今来如此冷落的宇宙都显得十分热闹，一滴之饮遂使我大有醉意，不禁出语惊人了。但我现在要称赞的是这个比喻的纯粹的表现，与它的含义无关。有时我真慨叹着取譬之难。以此长久不能忘记一位匈牙利作者，他的一篇文章里有了两个优美的比喻：在黄昏里，在酒店的窗子下，他说，许多劳苦人低垂着头像一些折了帆折了桅杆的船停泊在静寂的港口；后来他描写一位少女，就只轻轻一句，说她的眼睛亮着像金钥匙。"

"是说它们可以开启乐园或者地狱的门吗？"

"而我有一次低垂着头在车窗边，在黄昏里，随手翻完了一册忧郁的传记，于是我抬起头，望着天边的白烟，又思索着那写过一个故事叫作《烟》的人的一生。暮色与暮年。我到哪儿去？旅途的尽头等着我的是什么？我在车厢内各种不同的乘客的脸上得着一个回答了：那些刻满了厌倦与不幸的皱纹的脸，谁要静静的多望一会儿都将哭了起来或者发狂的。但是，在那边，有一幅美丽的少女的侧面剪影。暮色作了柔和的背影了。于是我对自己说，假若没有美丽的少女，世界上是多么寂寞呵。因为从她们，我们有时可以窥见那未被诅咒之前的夏娃的面目。于是我望着天边的云彩，正如那个自言见过天使和精灵的十八世纪的神秘歌人所说，在刹那间捉住了永恒。"

"你那时到哪儿去？你这些话又胡为而来？我一点也不能追踪你思想的道路。"

"于是我很珍惜着我的梦。并且想把它们细细的描画出来。"

"是一些什么梦？"

"首先我想描画在一个圆窗上。每当清晨良夜，我常打那下面经过，虽没有窥见人影却听见过白色的花一样的叹息从那里面飘坠下来。但正在我踟蹰之间那个窗子消隐了。

我再寻不着了。后来大概是一枝梦中彩笔，写出一行字给我看：分明一夜文君梦，只有青团扇子知。醒来不胜悲哀，仿佛真有过一段什么故事似的，我从此喜欢在荒凉的地方徘徊了。一夏天，当柔和的夜在街上移动时我走入了一座墓园。猛抬头，原来是一个明月夜，齐谐志怪之书里最常出现的境界。我坐在白石上，我的影子像一个黑色的猫。我忍不住伸手去摸它一摸，唉，我还以为是一个苦吟的女鬼遗下的一圈腰带呢，谁知拾起来乃是一把团扇。于是我带回去珍藏着，当我有工作的兴致时就取出来描画我的梦在那上面。"

"现在那扇子呢？"

"当我厌倦了我的乡土到这海上来遨游时，哪还记得把它带在我的身边呢？"

"那么一定遗留在你所从来的那个国土里了。"

"也不一定。"

"那么我将尽我一生之力，漂流到许多大陆上去找它。"

"只怕你找着时那扇上的影子早已十分朦胧了。"

一九三六年二月二十二日夜半

墓

初秋的薄暮。翠岩的横屏环拥出旷大的草地，有常绿的柏树作天幕，曲曲的清溪流泻着幽冷。以外是碎瓷上的图案似的田亩，阡陌高下的毗连着，黄金的稻穗起伏着丰实的波浪，微风传送出成熟的香味。黄昏如晚汐一样淹没了草虫的鸣声，野蜂的翅。快下山的夕阳如柔和的目光，如爱抚的手指从平畴伸过来，从林叶探进来，落在溪边一个小墓碑上，摩着那白色的碑石，仿佛读出上面镌着的朱字：柳氏小女铃铃之墓。

这儿睡着的是一个美丽的灵魂。

这儿睡着的是一个农家的女孩，和她十六载静静的光阴，从那茅檐下过逝的，从那有泥蜂做窠的木窗里过逝的，从俯嚼着地草的羊儿的角尖，和那濯过她的手，回应过她寂寞的捣衣声的池塘里过逝的。

她有黑的眼睛，黑的头发，和浅油黑的肤色。但她的脸颊，她的双手有时是微红的，在走了一段急路的时候，回忆起一个羞涩的梦的时候，或者三月的阳光满满的晒着她的时候。照过她的影子的溪水会告诉你。

她是一个有好心肠的姑娘，她会说极和气的话，常常小心的把自己放在谦卑的地位。亲过她的足的山草会告诉你，被她用死了的蜻蜓宴请过的小蚁会告诉你，她一切小小的侣伴都会告诉你。

是的，她有许多小小的侣伴，她长成一个高高的女郎了不与它们生疏。

她对一朵刚开的花说，"给我讲一个故事，一个快乐的。"对照进她的小窗的星星说，"给我讲一个故事，一个悲哀的。"

当她清早起来到柳树旁的井里去提水，准备帮助她的母亲作晨餐，径间遇着她的侣伴都向她说，"晨安。"她也说，"晨安。""告诉我们你昨夜做的梦。"她却笑着说，"不告诉你。"

当农事忙的时候，她会给她的父亲把饭送到田间去。

当蚕子初出卵的时候，她会采摘最嫩的桑叶放在篮儿里带回来，用布巾揩干那上面的露水，而且用刀切成细细的条儿去喂它们。四眠过后，她会用指头捉起一个个肥大的蚕，在光线里透视，"它腹里完全亮了"，然后放到成束的菜子杆上去。

她会同母亲一块儿去把屋后的麻茎割下，放在水里浸着，然后用刀打出白色的麻来。她会把麻分成极纤微的丝，然后用指头绩成细纱，一圈圈的放满竹筐。

她有一个小手纺车，还是她祖母留传下来的。她常常纺着棉，听那轮子唱着单调的歌，说着永远雷同的故事。她不厌烦，只在心里偷笑着，"真是一个老婆子。"

她是快乐的。她是在寂寞的快乐里长大的。

她是期待甚么的。她有一个秘密的希冀，那希冀于她自己也是秘密的。她有做梦似的眼睛，常常迷漠的望着高高的天空，或是辽远的，辽远的山以外。

十六岁的春天的风吹着她的衣衫，她的发，她想悄悄的流一会儿泪。银色的月光照着，她想伸出手臂去拥抱它，向它说"我是太快乐，太快乐"，但又无理由的流下泪。她有一点忧愁在眉尖，有一点伤感在心里。

她用手紧握着每一个新鲜的早晨，而又放开手叹一口气让每一个黄昏过去。

她小小的侣伴们都说她病了，只有它们稍稍关心她，知道她的。"你瞧，她常默默的。""你说，甚么能使她欢喜？"它们互相耳语着，担心她的健康，担心她郁郁的眸子。

菜圃里的江豆藤还是高高的缘上竹竿，南瓜还是肥硕的压在篱脚下，古老的桂树还是飘着金黄色的香气，这秋天完全如以前的秋天。

铃铃却瘦损了。

她期待的毕竟来了，那伟大的力，那黑暗的手遮到她眼前，冷的呼息透过她的心，那无声的灵语吩咐她睡下安息。"不是你，我期待的不是你"，她心里知道，但不说出。

快下山的夕阳如温暖的红色的唇，刚才吻过那小墓碑上"铃铃"二字的，又落到溪边的柳树下，树下有白藓的石上，石上坐着的年青人雪麟的衣衫上。他有和铃铃一样郁郁的眼睛，迷漠的望着。在那眼睛里展开了满山黄叶的秋天，展开了金风拂着的一泓秋水，展开了随着羊铃声转入深邃的牧女的梦。毕竟来了，铃铃期待的。

在花香与绿阴织成的春夜里，谁曾在梦里摘取过红熟的葡萄似的第一次蜜吻？谁曾梦过燕子化作年青的女郎来入梦，穿着燕翅色的衣衫？谁曾梦过一不相识的情侣来唔别，在她远嫁的前夕？

一个个春三月的梦呵，都如一片片你偶尔摘下的花瓣，夹在你手携的一册诗集里，你又偶尔在风雨之夕翻见，仍是盛开时的红艳，仍带着春天的香气。

雪麟从外面的世界带回来的就只一些梦，如一些饮空了的酒瓶，与他久别的乡土是应该给她一瓶未开封的新酿了。

雪麟见了铃铃的小墓碑，读了碑上的名字，如第一次相见就相悦的男女们，说了温柔的"再会"才分别。

以后他的影子就踯躅在这儿的每一个黄昏里。

他渐渐猜想着这女郎的身世，和她的性情，她的喜好，如我们初认识一个美丽的少女似的。他想到她是在寂寞的屋子里过着晨夕，她最爱着甚么颜色的衣衫，而且当她微笑时脸间就现出酒涡，羞涩的低下头去。他想到她在窗外种着一片地的指甲花，花开时就摘取几朵来用那红汁染她的小指甲，而这仅仅由于她小孩似的欢喜。

铃铃的侣伴们更会告诉他，当他猜想错了或是遗漏了的时候。

"她会不会喜欢我？"他在溪边散步时偷问那多嘴的流水。

"喜欢你。"他听见轻声的回语。

"她似乎没有朋友?"他又偷问溪边的野菊。

"是的,除了我们。"

于是有一个黄昏里他就遇见了这女郎。

"我有没有这样的荣幸,和你说几句话?"

他知道她羞涩的低垂的眼光是说着允许。

他们就并肩沿着小溪散步下去。他向她说他是多大的年龄就离开这儿,这儿是她的乡土也是他的乡土。向她说他到过许多地方,听过许多地方的风雨。向她说江南与河水一样平的堤岸,北国四季都是风吹着沙土。向她说骆驼的铃声,槐花的清芬,红墙黄瓦的宫阙,最后说:

"我们的乡土却这样美丽。"

"是的,这样美丽。"他听见轻声的回语。

"完全是崭新的发现。我不曾梦过这小小的地方有这多的宝藏,不尽的惊异,不尽的欢喜。我真有点儿骄傲这是我的乡土。——但要请求你很大的谅恕,我从前竟没有认识你。"

他看见她羞涩的头低下去。

他们散步到黄昏的深处,散步到夜的阴影里。夜是怎样一个荒唐的絮语的梦呵,但对这一双初认识的男女还是谨慎的劝告他们别去。

他们伸出告别的手来，他们温情的手约了明天的会晤。

有时，他们散步倦了，坐在石上休憩。

"给我讲一个故事，要比黄昏讲得更好。"

他就讲着"小女人鱼"的故事。讲着那最年青，最美丽的人鱼公主怎样爱上那王子，怎样忍受着痛苦，变成一个哑女到人世去。当他讲到王子和别的女子结婚的那夜，她竟如巫妇所预言的变成了浮沫，铃铃感动得伏到他怀里。

有时，她望着他的眼睛问：

"你在外面爱没有爱过谁?"

"爱过……"他俯下吻她，怕她因为这两字生气。

"说。"

"但没有谁爱过我。我都只在心里偷偷的爱着。"

"谁呢?"

"一个穿白衫的玉立亭亭的；一个秋天里穿浅绿色的夹外衣的；一个在夏天的绿杨下穿红杏色的单衫的。"

"是怎样的女郎?"

"穿白衫的有你的身材；穿绿衫的有你的头发；穿红杏衫的有你的眼睛。"说完了，又俯下吻她。

晚秋的薄暮。田亩里的稻禾早已割下，枯黄的割茎在青天下说着荒凉。草虫的鸣声，野蜂的翅声都已无闻，原野被寂寥笼罩着，夕阳如一枝残忍的笔在溪边描出雪麟的影子，孤独的，瘦长的。他独语着，微笑着。他憔悴了。但他做梦似的眼睛却发出异样的光，幸福的光，满足的光，如从Paradise①发出的。

一九三三年

---

① Paradise，天堂。

秋海棠

庭院静静的。仿佛听得见夜是怎样从有蛛网的檐角滑下，落在花砌间纤长的飘带似的兰叶上，微微的颤悸如刚栖定的蜻蜓的翅，最后静止了。夜遂做成了一湖澄静的柔波，停潴在庭院里，波面浮泛着青色的幽辉。

寂寞的思妇凭倚在阶前的石栏干畔。

夜的颜色，海上的水雾一样的，香炉里氤氲的烟一样的颜色，似尚未染上她沉思的领域，她仍垂手低头的，没有动。但，一缕银的声音从阶角漏出来了，尖锐，碎圆，带着一点阴涅，仿佛从石砌的小穴里用力的挤出，珍珠似的滚在饱和着水泽的绿苔上，而又露似的消失了。没有继续，没有赓和。孤独的早秋的蟋蟀啊。

她举起头。

刚才引起她凄凉之感的菊花的黄色已消隐了，鱼缸里虽仍矗立着假山石庞然的黑影，已不辨它玲珑的峰穴和上面苍翠的普洱草。这初秋之夜如一袭藕花色的蝉翼一样的纱衫，飘起淡淡的哀愁。

她更偏起头仰望。

景泰蓝的天空给高耸的梧桐勾绘出团圆的大叶，新月如一只金色的小舟泊在疏疏的枝丫间。粒粒星，怀疑是白色的小花朵从天使的手指间洒出来，而遂宝石似的凝固的嵌在天空里了。但仍闪跳着，发射着晶莹的光，且，从冰样的天空里，它们的清芬无声的霰雪一样飘堕。

银河是斜斜的横着。天上的爱情也有隔离吗？黑羽的灵鹊是有福了，年年给相思的牛女架起一度会晤之桥。

她的怀念呢，如迷途的鸟漂流在这叹息的夜之海里，或种记忆，或种希冀如红色的丝缠结在足趾间，轻翅因疲劳而渐沉重，望不见一发青葱的岛屿：能不对这辽远的无望的旅程倦厌吗？

她的头又无力的垂下了。

如想得到扶持似的，她素白的手抚上了石阑干。一缕寒冷如纤细的褐色的小蛇从她指尖直爬入心的深处，徐徐的纡旋的蜷伏成一环，尖瘦的尾如因得到温暖的休憩所而翘颤。阶下，一片梧叶悄然下堕，她肩头随着微微耸动，衣角拂着阑干的石棱发出冷的轻响，疑惑是她的灵魂那么无声的坠入黑暗里去了。

她的手又梦幻的抚上鬓发。于是，盘郁在心头的酸辛热热的上升，大颗的泪从眼里滑到美丽的睫毛尖，凝成玲珑的粒，圆的光亮，如青草上的白露，没有微风的撼摇就静静的，不可重拾的坠下……

就在这铺满了绿苔，不见砌痕的阶下，秋海棠苗长出来了。两瓣圆圆的鼓着如玫瑰颊间的酒涡，两瓣长长的伸张着如羡慕昆虫们飞游的翅，叶面是绿的，叶背是红的，附生着茸茸的浅毛，朱色的茎斜斜的从石阑干的础下擎出，如同擎出一个古代的甜美的故事。

雨　前

　　最后的鸽群带着低弱的笛声在微风里画一个圈子后，也消失了。许是误认这灰暗的凄冷的天空为夜色的来袭，或是也预感到风雨的将至，遂过早的飞回它们温暖的木舍。

　　几天阳光在柳梢上撒下的一抹嫩绿，被尘土埋掩得有憔悴色了，是需要着一次洗涤。还有干裂的大地与树根也早已期待着雨。雨却迟疑着。

　　我怀想着故乡的雷声，和雨声。那隆隆的有力的搏击，从山谷返响到山谷，仿佛春之芽就从冻土里震动，惊醒，而怒茁出来。细草样柔的雨声又以膏脂和温存之手抚摩它，使它簇生油绿的枝叶而开出红色的花。这些怀想如乡愁一样萦绕得使我忧郁了。我心里的气候也和这北方大陆一样缺少雨量，一滴温柔的泪在我枯涩的眼里，如迟疑在这阴沉的天空里的雨点，久不落下。

白色的鸭也似有一点躁烦了，有不洁色的都市的河沟里传出它们焦急的叫声。有的还未厌倦那船一样的徐徐的划行。有的却倒插它们的长颈在水里，红色的蹼趾伸在尾后，不停的扑击着水以支持身体的平衡。不知是在寻找沟底的细微的食物，抑是贪那深深的水里的寒冷。

有几个已上岸了。在柳树下来回的作它们绅士的散步，舒息划行的疲劳。然后参差的站着，各用嘴细细的抚理它们遍体白色的羽毛，间又摇动身子或扑展着阔翅，使那缀在羽毛间的水珠堕落。一个已修饰完毕的，弯曲它的颈到背上，长长的红嘴藏没在翅膀里，静静合上它白色的茸毛间的小黑睛，仿佛准备睡眠。可怜的小动物，你就是这样做着你的梦吗？

我想起故乡牧雏鸭的人了。一大群鹅黄色的雏鸭游牧在溪流间，清浅的水，两岸青青的草，一根长长的竿在牧人的手里。他的小队伍是多么欢欣的发出啾唧声，又多么驯伏的随着他的竿头越过一个田野又一个山坡。夜来了，帐幕似的竹篷撑在地上，就是他的家。但这是怎样辽远的想象啊。在这多尘土的国度里，我仅只希望听一点树叶上的雨声，一点雨声的幽凉滴到我憔悴的梦，也许会长成一树圆的绿阴来覆荫我自己。

我仰起头。天空低垂如灰色的雾幕，落下一些寒冷的霏屑到我脸上。一只远来的鹰隼仿佛带着怒愤，对这沉重的天色的怒愤，平张的双翅不动的从天空斜插下，几乎触到河沟对岸的土阜，而又鼓扑着双翅作出猛烈的声响腾上了。那样巨大的翅使我惊异，看见了它两胁间斑白的羽毛。

接着听见了它有力的鸣声，如一个巨大的心的呼号，或是在黑暗里寻找伴侣的叫唤。

然而雨还是没有来。

黄　昏

　　马蹄声，孤独又忧郁的自远至近，洒落在沉默的街上如白色的小花朵。我立住。一乘古旧的黑色马车，空无乘人，纡徐的从我身侧走过。疑惑是载着黄昏，沿途散下它阴暗的影子，遂又自近至远的消失了。

　　街上愈荒凉。暮色下垂而合闭，柔柔的，如从银灰的归翅间坠落一些慵倦于我心上。我傲然，耸耸肩，脚下发出凄异的长叹。

　　一列整饬的宫墙曼长的立着。是环绕着一些雕残的华丽的古代梦，抑是一些被禁锢的幽灵们的怨叹呢？不少次，我以目光叩问它，它以叩问回答我：

　　——黄昏的猎人，你寻找着甚么？

狂奔的猛兽寻找着壮士的刀，美丽的飞鸟寻找着牢笼。青春不羁之心寻找着毒色的眼睛。我呢？

我曾有一些带伤感之黄色的欢乐，如同三月的夜飔飘入我梦里，又飘去了，我醒来，看见第一颗亮着纯洁的爱情的朝露无声的坠地。我又曾有一些寂寞的光阴，在晦暗的窗子下，在长夜的炉火边，我紧闭着门而它们仍然遁逸了。我能忘掉忧郁如忘掉欢乐一样容易吗？

小山巅的亭子因暝色天空的低垂而更圆，更高高的耸出林木的葱茏间，从它我得到仰望的惆怅。在渺远的昔日，当我身侧尚有一个亲切的幽静的伴步者，徘徊在这山麓下，曾不经意的约言：选一个有阳光的清晨登上那山巅去。但随后又不经意的废弃了。这沉默的街，自从再没有那温柔的脚步，遂日更荒凉，而我，竟惆怅又怨抑的，让那亭子永远秘藏着那未曾发掘的快乐，不敢独自去攀登我甜蜜的想象所萦系的道路了。

独　语

设想独步在荒凉的夜街上，一种枯寂的声响固执的追随着你，如昏黄的灯光下的黑色影子，你不知该对它珍爱抑是不能忍耐了：那是你脚步的独语。

人在孤寂时常发出奇异的语言，或是动作。动作也就是语言的一种。

决绝的离开了绿蒂的"维特"，独步在阳光与垂柳的堤岸上，如在梦里，诱惑的彩色又激动了他作画家的欲望，遂决心试卜他自己的命运了：从衣袋里摸出一把小刀子，从垂柳里掷入河水中，若是能看见它的落下他就将成功一个画家，否则不。——那寂寞的一挥手使你感动吗？你了解吗？

我又想起了一个西晋人物，他爱驱车独游，到车辙不通之处就痛哭而返。

绝顶登高，谁不悲慨的一长啸呢？是想以他的声音填满宇宙的寥阔吗？等到追问时怕又只有沉默的低首了。我曾经走进一个古代的建筑物，画檐巨柱都争着向我有所诉说，低小的石阑也发出声息，像一些坚忍的深思的手指在上面呻吟，而我自己倒成了一个化石了。

或是昏黄的灯光下，放在你面前的是一册杰出的书，你将听见里面各个人物的独语。温柔的独语，悲哀的独语，或者狂暴的独语。黑色的门紧闭着：一个永远期待的灵魂死在门内，一个永远找寻的灵魂死在门外。每一个灵魂是一个世界，没有窗户。而可爱的灵魂都是倔强的独语者。

我的思想倒不是在荒野上奔驰。有一所落寞的古颓的屋子，画壁漫漶，阶石上铺着白藓，像期待着最后的脚步：当我独自时我就神往了。

真有这样一个所在，或者在梦里吗？或者不过是两章宿昔嗜爱的诗篇的揉合，没有关联的奇异的揉合：幔子半掩，地板已扫，死者的床榻上常春藤影在爬；死者的魂灵回到他熟习的屋子里，朋友伙在餐聚，嬉笑，都说着"明天明天"，无人记起"昨天"。

这是颓废吗？我能很美丽的想着"死"，反不能美丽的想着"生"吗？

冥冥之手牵张着一个网，"人"如一粒蜘蛛蹲伏在中央。憎固愈令彼此疏离，爱亦徒增错误的挂系。谁曾在自己的网里顾盼，跳跃，感到因冥冥之丝不足一割遂甘愿受缚的怅怅吗？

而，何以我又太息："去者日以疏，生者日以亲？"是慨叹着我被人忘记了，抑是我忘记了人呢？

"这里是你的帽子"，或者"这里是你的纱巾，我们出去走走吧？"我还能说这些惯口的句子。而我那有温和的沉默的朋友，我更记起他：他屋里有一个古怪的抽屉，精致的小信封，函着丁香花，或是不知名的扇形的叶子：像为着分我的寂寞而展示他温柔的记忆。墙上是一张小画片，翻过背面来，写着"月的渔女"。

唉。我尝自忖度：那使人类温暖的，我不是过分的缺乏了它就是充溢了它。两者都足以致病的。

印度王子出游，看见生老病死，遂发自度度人的宏愿。我也倒想有一树菩提之阴，坐在下面思索一会儿。虽然我要思索的是另外一个题目。

于是，我的目光在窗上徘徊了。天色像一张阴晦的脸压在窗前，发出令人窒息的呼吸：这就是我抑郁的缘故吗？而又，在窗格的左角，我发见一个我的独语的窃听者了：像一个鸣蝉蜕弃的躯壳，向上蹲伏着，噤默的。噤默的，和着它一对长长的触须，三对屈曲的瘦腿。我记起了它是我用自己的手笔描画成的一个昆虫的影子，当它迟徐的爬到我窗纸上，发出孤独的银样的鸣声，在一个过逝的有阳光的秋天里。

一九三四年三月二日成

梦　后

梦中无岁月。数十年的卿相，黄粱未熟。看完一局棋，手里斧柯遂烂了。倒不必游仙枕，就是这床头破敝的布函，竟也有一个壶中天地，大得使我迷惘——说是欢喜又像哀愁。

孩提时看绘图小说，画梦者是这样一套笔墨：头倚枕上，从之引出两股缭绕的线，像轻烟，渐渐向上开展成另外一幅景色。叫我现在来画梦，怕也别无手法。不过论理，那两股烟应该缭绕入枕内去开展而已。

我家乡有一种叫做梦花的植物：花作雏菊状，黄色无香，传说除夕放在枕边，能使人记起一年所作的梦。我没有试过。孩提时有甚么必须记起的梦呢：丢了一把钥匙，找得焦急之至，想若是梦倒好，醒来果然是梦，而已。

有些人喜欢白昼。明知如过隙驹，乃与之竞逐，那真会成一个追西方日头的故事吧，以渴死终。不消说应该伫足低回一会儿之地丧失得很多了。我性子急躁，常引以自哀矜，但有时也是一个流连光景者，则大半在梦后。

知是夜，又景物清晰如昼，由于园子里一角白色的花所照耀吗抑是——我留心的倒是面前的幽伴凝睇不语，在她远嫁的前夕。是远远的如古代异域的远嫁啊。长长的赤兰桥高跨白水。去处有丛林茂草，蜜蜂熠耀的翅，圆坟丰碑，历历酋长之墓。水从青青的浅草根暗流着寒冷……

谁又，在三月的夜晚，曾梦过灰翅色衣衫的人来入梦，知是燕子所化？

这两个梦萦绕我的想象很久，交缠成一个梦了。后来我见到一幅画，"年轻的殉道女"：轻衫与柔波一色，交叠在胸间的两手被带子缠了又缠，丝发像已化作海藻流了。一圈金环照着她垂闭的眼皮，又滑射到蓝波上：倒似替我画了昔日的辽远的想象，而我自己的文章迟了两年遂不能写了。

现在我梦里是一片荒林，木叶尽脱。或是在巫峡旅途间，暗色的天，暗色的水，不知往何处去。醒来，一城暮色恰像我梦里的天地。

把钥匙放进锁穴里，旋起一声轻响，我像打开了自己的狱门，迟疑着，无力去摸索那一室之黑暗。我甘愿是一个流浪者，不休止的奔波，在半途倒毙：那倒是轻轻一掷，无从有温柔的回顾了。

而，开了灯看啊，四壁徒立如墓圹。墓中人不是有时还享有一个精致的石室吗？"凡是一个不穿白而硬的衬衫的人是不会有才能和毅力的"，谁首肯这个意见吗，一位西班牙散文家说的？从前我爱搬家，每当郁郁时遂欲有新的迁移：我渴想有一个帐幕，逐水草而居，黑夜来时在树林里燃起火光。不知何时起世上的事都使我厌倦，遂欲苟简了之了。

Man delights not me; no, nor woman neither[①]，哈孟雷特王子，你笑吗？我在学习着爱自己。对自己我们常感到厌恶。对人，爱更是一种学习，一种极艰难的极易失败的学习。

也许寂寞使我变坏了。但它教会我如何思索。

我尝窥觑，揣测许多热爱世界的人：他们心里也有时感到极端的寒冷吗？历史伸向无穷像根线，其间我们占有的是几乎无的一点。这看法是悲观的，但也许从之出发然

---

① 语出《哈姆雷特》，意思是："人类不能使我发生兴趣；不，女人也不能使我发生兴趣。"（朱生豪译）

后觉世上有可为的事吧。因为，以我的解释，他们都是理想主义者。

唉，"你不曾带着祝福的心想念我吗？"是谁曾向我吐露过这怨语呢抑是我向谁？是的，当我们只想念自己时，世界遂狭小了。

我常半夜失眠，熟习了许多夜里的声音，近来更增多一种鸟啼。当它的同类都已在巢里梦稳，它却在黑天上飞鸣，有甚么不平呢。

我又常憾"人"一点不会歌啸，像大江之岸的芦苇，空对东去的怒涛。因之遂羡慕天籁。从前有人隔壁听姑妇二人围棋，精绝，次晨叩之乃口谈而已。这故事每引起我一个寂寞的黑夜的感觉。又有一位古代的隐遁者，常独自围棋，两手分运黑白子相攻伐。有时，唉，有时我真欲向自己作一次滔滔的雄辩了，而出语又欲低泣。

春夏之交多风沙日，冥坐室内，想四壁以外都是荒漠。在万念灰灭时偏又远远的有所神往，仿佛天涯地角尚有一个牵系，古人云，"思君令人老，岁月忽已晚。"使我老的倒是这北方岁月，偶有所思，遂愈觉迟暮了。

六月二十一日

岩

我是从山之国来的，让我向你们讲一个山间的故事。那么你对于山很有情感吗。不要问我，你简直敲到我悲哀的键子上了，我只记得从小起我的屋前屋后都是山，装饰得童年的天地非常狭小，每每相反的想起平沙列万幕，但总想象不出那样的生活该是如何一个旷野，竟愁我的翅膀将永远飞不过那些岭嶂。如今则另是一种寂寞，胡马依北风，越鸟巢南枝，颇起哀思于这个比兴，若说是怀乡倒未必，我的思想空灵得并不归落于实地，只是，我真想再看一看我那屋前屋后的山啊，苍苍的树林不啻一个池塘，该照见我的灵魂十分憔悴吧。然而要紧的是开始我的故事。凡文章最难于一个开始，而且，大陆的居民，我怎样能在你们面前绘出我这故事的背景呢，我怎样能使你们了解我对于这背景所起的情感的波动呢。我劝你们坐一次火车，一日夜之程，到五岳归来不看山的东岳去，那虽颇与我家乡的山不同，平地起一个孤独之感，但我很称赏那绝顶上的舍身岩，那样一个好名字好地方，说不准那一天我还要再爬上去，在落日的光辉里和自己的影子踯躅一会，那时宇宙算得甚么呢，泰山等于鸿毛了。其次我喜欢坐在对松亭里看岩半腰的松树，山风吹得它们永远长不大。

是呵，岩半腰的松树，山风吹得你永远长不大，你在我想象里孤立得很，是甚么时候一只飞鸟打这儿过，无意间嘴里掉下一粒种子，遂倔强的长起来了，却为鸦雀们所弃，不来借一枝之巢栖，老鹰在蓝天里盘旋又盘旋，最后也情愿止于黑色的岩石，作哲学家的冥想。但不要抖索，如果落了一根针叶总是个损失，我这故事的主人公将在你脚下出现。问他吧，你这与危险共嬉戏者，我看你是先以一绳系住腰，再系其一端于树上，然后附岩而下，你有甚么理由轻视你的生命呢，你骄傲的向半空中挥起镰刀，又就近割着青草，青草从你手腕间纷纷下落没有一点声音……我看他殊无回答的工夫，让我老老实实的告诉你们，他乃一无父无母的孩子，就养于其叔父，始而牧猪，继而放牛，许多无辜的挞责创伤了他的心，于是极端的苦辛遂潜匿于一个无语的灵魂。

那么他勇敢的向绝岩夺取的乃不过供牲口齿间之一啖而已。这道理我无法说明，大概你又是个江南人，忘不掉芳草连绵千里的境界，我且引你上岩顶去指点与你看啊，群山起伏，高高下下都是田亩，那里有让你牵牛儿来吃草之地呢？

但是我不愿再往前走了，乱石累累，三五成群，我怀疑你是个诱敌深入的向导，我才不愿迷入你的阵图中，但是，我耳边已隐隐有金鼓杀伐之声，唉，老丈，你引我从那个方向出去呢。不要乱想，此乃一个废圮的寨子，昔日土人筑之以避白莲教者，我们且择一块石头坐下，风吹得我们的衣袖单薄了。我很不喜人类之中有所谓战争，然于异国中古时的骑士与城堡则常起一种浪漫的怀想，城头上若竖立一杆大旗，那更招展得晴空十分空阔吧，至于此垒乱石以为城，我却嫌太草率了，虽是避难也不应如此，并且，我看你们这地方山势险恶，民风一定剽悍轻生，令我悲哀之至。不，这实在是一个山间的桃源，我想桃源避秦人既然娶妻生子，总不免也会有些小小的不幸。说人生有甚么巨大的悲恸大概是戏剧家的夸张，只是永远被一些小小的不幸缠绕得苦，比如我们的祖先之失掉伊甸就由于一个园子里有了两个人，然而我的意思是说天上未必胜过人间，我且再指点那岩后的山坡与你看呵，白杨多悲风，但见丘与坟，而它们一个个都绿得那样沉默。

还是向前走好了，人生就譬如走路，我的一个朋友曾经说过，举起步子就忘记是在走，至于此岩上之所有我从此一口气告诉你们，刚才问答得殊不称意。这是颓墙，这是碎瓦，都琐琐不足为外人道，但我却颇满意于这荒凉，说不准那一天谢绝人世，归结茅屋于此，最后这是干涸的水池，那立于岩尾的木架则是辘轳，塘水上山的道路，它朽腐的身躯仍然是一个诱惑，会使你失足落下绝岩如一根草，唉，不要提它，我这故事的主人公就苦无工夫来这岩上游玩，常遥望那辘轳而心喜，大概我这故事将有一个悲伤的结局了，但是你瞧，他已牵牛到塘边饮水去了，我们也下岩去吧。

我们也到塘边去吧。偃鼠饮河，不过满腹，然而此水毫无流动之致，令我忧愁。小人物呵你立在遥遥的对岸，手中之绳牵得牲口微微喘息，我想起一个故事了，夏夜的塘边，一个过路人坐下濯足，突然被紧握于一只水中之手，力往下曳，此人大概颇有几分胆量，乃自言自语道，天气真热，我脱了衣裳下去游泳一会儿吧，于是遂兔脱而鸟遁了。小人物呵你一定没有听见，我不过惆怅于我幼时的怯弱而已，那时我不敢走夜路，为的怕鬼物在岩边水边幻作一条路来诱引我，直至如今仍无力正视人生之阴影方面，虽说我自信是个彻底怀疑者，人世的羁绊未必能限制我，但从无逸轨的行为，一只飞蛾之死就使我心动。唉，暮色竟涂上了我思想的领域，我感觉到人在天地之间孤独得很，目睹同类匍匐将入于井而无从救援，正如对一个书中人物之爱莫能助。无父无母的孩子呵风吹得这黄昏凄冷了，家去吧，我殊不愿再饶舌，我希望就合上了眼睛就永远张不开，作一个算命的瞎子给你一句预言，岩边水边切要留心。

我这故事是完了但谁也不会餍足，我并不说人生是无结构的，因为就我所知，实事之像故事乃有过于向壁虚构者，并且我自己起初也拟有一点穿插，大概是关于一位无儿无女的疯了的老太太，最后塘水一段乃为她而描写，但是，我的笔啊，你若在我手中变成乐器，那倒会有一番嘈嘈切切杂错弹吧，不过那时你们必又说道，你的乐器准是龙门之桐且烧焦了尾的，是以有北鄙之音凄且厉，其能久乎，可不是吗，你听你听，我的弦断了。

九月二十八日，成时雨正凄其

035

炉边夜话

"三个少年出去寻找他们的运气",长乐老爹这样开始了,像是故事的第一句又像是题目,随即停顿着,用他的眼睛掠过半圈子年轻的脸,在火光中它们微红而结实如树上的果子,露出满意的沉默。

"三个少年出去寻找他们的运气,"声音宏大了些,"你听惯了三兄弟因为争着一个美女子,出去寻找奇异的珍宝来作聘礼,或者三个傻女婿带着多少银子,到他乡的路途上去学智慧,会猜我要说的是那一类的故事。是的。不过他们是出去寻找他们的运气。

"那时候的少年是喜欢冒险的,他们说雀儿的翅膀硬了就离开老窠,人站在生长起来的檐下是羞耻。他们常常偷跑到很远的地方去，让妇女们在家中叹息流泪，但男子们并不担忧，知道他们若是回来了就极依恋极忠实于他们的乡土。现在你们却赶了市集就说辛苦，到了冬天就减少做工的时刻，晚上躺在炉边像猫儿。这炉边是应当让我更老的人来讲故事，比你们更年轻的孩子们来听的。"微红而结实的脸大半低下去了，沉默着，像在疑惑火光为甚么如此蓬勃又郁结。有一个拾起火钳，重新砌架着烧断了的柴，随即有爆炸声，火苗高高的飞起。没有低下去的脸大概是属于勇敢者的了，他们仍有这山间民族的纯粹的血液流在脉管内，常神往于他们祖先的事迹，此时正注视着长乐老爹脸上的皱纹与发亮的白胡须。

"总之，有一天这三个少年遇在一起了，"长乐老爹重新开始说，"我们不妨想象是在一个树林内，阳光从密叶间漏下，野鸽子低飞着，他们交换了欢迎语就躺在草地上。第一个是高个儿，有深灰色的眼珠，柔和的语声。第二个最强壮，人家怕他像怕小豹子。第三个的特性是没有特性，诚实而敏慧，谦逊而自信，如我们这里的普通少年。

"少年们大概最喜欢彼此诉说志愿了，于是我们听见了第一个少年轻轻叹一口气（假若我们是他身旁的树上的叶子），他说，我真愿我生在另外一个地方呵。我尊敬这里的一切，但总觉远远处我的乡土在召唤我，我灵魂的乡土。

'人'如植物一样，有它适宜的分布的地图，而'生'却如栽种的手一样盲目，于是我们先天的就有地域错误的不幸了。那么你灵魂的乡土是那儿呢，你们会问我。我也常问着自己。假若能回答倒好了，只是'人'并未赋有这种选择的预知，我们以为幸福在东方，向之奔逐，却也许正在西方。然而错误的奔逐也是幸福的，因为有希望伴着它。

"'那么你奔逐的方向？'

"'我想到海上去。青色的海，白色的海，金色的海，我到底知道海是甚么颜色呢，海上的天空又是甚么颜色呢。在那寥阔间也许有长春的岛屿，如蜃气所成的楼阁，其下柔波环绕，古书上所说的弱水三千，或者我应生在那里吧。但这里的人从没有一个见过海的，辽远使我更加渴切了。'

"两个听者都以一刻沉默来表示哀怜，他们竟为这低弱的语声所感动，虽说对于这缥缈的向往论理是应该嘲笑的。最后第二个少年从草地上坐起，责备似的说，'朋友呵，你应该羞愧你是这山间民族的子孙，日对这些峰岭不能使你强健而沉毅吗。但我却过于暴躁，和平的乡居囚絷着我，我快要鹰隼一样飞飏了。我将作一个武士。我祈祷山之神，赐伟力于双臂，赐坚固的信念于心，我将宣扬这山间民族的美德于外面世界。朋友呵，强于行为的人是弱于语言的，让我引这句古语来替我底嘴舌谢罪。'他底右手拔着身旁的草，又掷向他的脚尖，但草却就近的纷落在他衣上，如是数次，他乃转身向着第三个少年，此时他正在沉思。

"'你呢?'

"第三个少年翻身立起来，来回走数步，然后坐下，'自然我也羡慕飞鸟，羡慕水族，但我没有忘记感谢这土地。它给与我们的丰富可以用手来量，用言辞来表示吗。我们可以如幻想的婴孩想离开母亲的乳吗。所以我说，有翅的你就往高处飞，有鳞介的你就到大海去，我祝福你们。我却将从山间到更深的山间去。'

"于是这三个少年出去寻找他们的运气。"长乐老爹说到这里就停止了，一双瘦瘠的手掌翻转的烤着火，又按着指骨节作脆响。大家都等待着，不耐烦的拾起火钳在石头上轻敲（因为这个火炉实际是几个石头砌成的圈子），长乐老爹仍不开口。

"老爹，往下讲吧。"

"这个故事吗，已经讲完了。"

"不是刚开始?"

"是的，"长乐老爹微笑着，"书上的故事大概都是从此以后才正有文章呢，然而让我在这里对一切讲故事者嘲笑一下，你们要知道这三个少年出去后的事只有问他们自己了。"

"但故事总有一个结果。"

"是的，凡事都有一个结果。这故事的结果是三个少年都寻找着了他们的运气。因为往海上去的去了就永没有回来，从军的听说建了无数战功而最终死在战地里，到更深的山间去的在那里做了首领，直至老来病危时才把财产散给居民，嘱咐他们送他的棺材回乡土来安葬。若是还要问他的坟在那儿，恕我无从指点给你们看了。"怎么，长乐老爹慢慢的合上眼，把他的头倒在一双瘦瘠的手掌里，而听者也不用笑声来结束这故事。火也低落了。有一个立起来，去抱一些柴来添。有的却注视着长乐老爹头上的白发，记起了老爹自己的许多冒险故事，那获得许多听者的欢迎的，并且想，为甚么他自己回到乡土来了呢，难道是没有寻找着他的运气吗。

十月二十八日

伐　木

雾在树林间游行着。乳白的，蠕动的，雾是庞大的神物，是神物的嘘气，替满谷拉起幔子，又游行着，沿着巉岩向上升。

上面地名朝天嘴，六月间旅行人走了一段长途后，坐在这嘴上一棵亭亭如车盖的黄桷树下，一边饮着木桶里的施茶，解衣当风，一边望下山谷，满谷的杉树正直，漂亮如年青男子，使他赞美叹息。

现在它们正在雾里被锯伐着。山林的主人以两年或三年的期限卖它们给木商，较大的成材的陆续锯伐去，幼弱的照例留下来，十年后又是一片茂林。

树在锯子下响着快乐的语言，木屑散落在地上的白霜上，相间杂。锯工们起来，用绳子系在树身上，然后奔到远处去力曳。树倒下了，发出一声快乐的叫喊，一种牺牲自己的快乐，如梦想的孩子离开家，奔向不可知的运命时嘴里所喊出的。去做谁家的柱头吗，还是去做谁家的地板，在岁月中老去，在人类的脚下呜泣，不可知。

此处彼处都是锯声，树折声，工人们以辛苦的工作为晨间的祷歌，随雾充满山谷，向上升。

不久声音衰歇了，年青的，出须的，三五成群的坐在断树上，作第一次休息。从怀里摸出短烟管，从悬在腰间的盒子里取出烟叶，火石，火绒。叮，火镰敲在黑色的石上，金花一闪，又叮，火绒点着了；他们仍使用着这古老的取火具，使人想象数千年前第一个人类在旷野上，或是在深林间发现了火，是如何惊奇，随后又如何珍视，崇拜……而他们已淡漠的在巴着烟了。

巴着烟，又谈着话。一个年青的说起他曾在县城里参加过修马路的工程，过不惯，仍然回乡下来了，说起汽车，一天走几百里路。

"几百里路！"

一个出须的嘴里取出烟管，拍的一声口水，重复着说，分不清是惊奇还是轻蔑。一天走几百里干吗呢，他们和他们的祖先都是一生足迹不出百里，然而对着雾，总使人想象远远的地方，想象那一天走几百里的怪物，也许会从县城奔到乡下，奔到山林，树木都仆下，仆下，让路……

另外一群也在巴着烟谈着话，也许在说一个穷老无归的工人昨夜死在这木厂里，他们商量着替他向厂头讨几块薄木板，钉成匣子，下午散工后送到林外义地里去埋葬。

许许的伐木声又起，树又在对锯齿作一种快乐的抗拒，对坐着的两个工人不言语的拉着送着，作单调的游戏。

白雾消失了，像谁从上面拉去了幔子。

十二月十七日

画梦录

丁令威

丁令威忽然忘了疲倦，翅膀间扇着的简直是快乐的风，随着目光，从天空斜斜的送向辽东城。城是土色的，带子似的绕着屋顶和树木。当他在灵虚山忽然为怀乡的尘念所扰，腾空化为白鹤，阳光在翅膀上抚摩，青色的空气柔软得很，其快乐也和此刻相似吧。但此刻他是急于达到一栖止之点了。

轻巧的停落在城门口的华表柱上。

奔向城门的是一条大街，在这晨光中风平沙静，空无行人，只有屋檐投下有曲线边沿的影子。华表柱的影子在街边折断了又爬上屋瓦去，以一个巨大的长颈鸟像为冠饰。这些建筑这些门户都是他记忆之外的奇特的生长，触醒了时间的知觉，无从去呼唤里面的主人了，丁令威展一展翅。

只有这低矮的土筑的城垣，虽也迭经颓圮迭经修了吧，仍是昔日的位置，姿势，从上面望过去是城外的北邙，白杨叶摇着像金属片，添了无数的青草冢了。丁令威引颈而望，寂寞得很，无从向昔日的友伴致问讯之情。生长于土，复归于土，祝福他们的长眠吧：丁令威瞑目微思，难道隐隐有一点失悔在深山中学仙吗，明显的起在意识中的是：

"我为甚么要回来呢？"他张开眼睛来寻找回来的缘故了：这小城实在荒凉，而在时间中作了长长旅行的人，正如犁过无数次冬天的荒地的农夫，即在到处是青青之痕了的春天，也不能对大地唤起一个繁荣的感觉。

"然而我想看一看这些后代人呵。我将怎样的感动于你们这些陌生的脸呵，从你们的脸我看得出你们是快乐还是痛苦，是进步了还是堕落了。你们都来，都来……"当思想渐次变为声音时，丁令威忽然惊骇于自己的鹤的语言，从颈间迸出长嘴外的高朗然而噪急的长唳，停止了。

但仍是呼唤来了欢迎的人群，从屋里，从小巷里，从街的那头：

"吓，这是春天回来的第一只鹤。"

"并且是真正的丹顶鹤。"

"真奇怪，鹤歇在这柱子上。"

并且见了人群还不飞呢。在语声，笑声，拍手声里，丁令威悲哀得很，以他鹤的眼睛俯望着一半圈子人群，不动的，以至使他们从好奇变为愤怒了，以为是不祥的朕兆，扬手发出威吓的驱逐声，最后有一个少年提议去取弓来射他。

弓是精致的黄杨木弓。当少年奋臂拉着弓弦时，指间的羽箭的锋尖在阳光中闪耀，丁令威始从梦幻的状况中醒来，噗噗的鼓翅飞了。

人群的叫声随着丁令威追上天空，他急速的飞着，飞着，绕着这小城画圈子。在他更高的冲天远去之前，又不自禁的发出几声高朗然而噪急的长唳，若用人类的语言翻译出来，大约是这样：

"有鸟有鸟丁令威，去家千年今始归，城郭如故人民非，何不学仙冢累累。"

淳于棼

淳于棼弯着腰在槐树下，在隆起如山脉的树根间终于找着了一个圆穴，指头大的泥丸就可封闭，转面告诉他身旁的客人。"这就是梦中乘车进去的路。"

淳于棼惊醒在东厢房的木榻上，窗间炫耀着夕阳的彩色，揉揉眼，看清了执着竹帚的僮仆在扫庭阶，桌上留着饮残的酒樽，他的客人还在洗着足。

"唉，倏忽之间我经历了一生了。"

"做了梦么？"

"很长很长的梦呵。"

从如何被二紫衣使者迎到槐安国去，尚了金枝公主，出守南柯郡，与檀萝国一战打了败仗，直到公主薨后罢郡回朝，如何为谗言所伤，又由前二紫衣使者送了回来：他一面回想一面嗟叹的告诉客人，客人说：

"真有这样的事吗！"

"还记得梦中乘车进去的路呢。"

淳于棼蹲着在槐树下，在隆起如山脉的树根间，用他右手的小指头伸进那蚁穴去，崎岖曲折不可通，又用他的嘴唇吹着气，消失在那深邃的黑暗中没有回声。那里面有城郭台殿，有山川草木，他决不怀疑，并且记得，在那国之西有灵龟山，曾很快乐的打了一次猎。也许醒着的现在才正是梦境呢，他突然站立起来了。

槐树高高的，羽状叶密覆在四出的枝条上，像天空。辽远的晚霞闪耀着，淳于棼的想象里蠕动着的是一匹蚁，细足瘦腰，弱得不可以风吹，若是爬行在个龟裂的树皮间看来多么可哀呵。然而以这匹蚁与他相比，淳于棼觉得自己还要渺小，他忘了大小之辨，忘了时间的久暂之辨，这酒醉后的今天下午实在不像倏忽之间的事。

淳于棼大醉在筵席上，自从他使酒忤帅，革职落魄以来这已不是他第一次大醉了，但渐趋衰老的身体不复能支持他的豪侠气概，由两个客人从座间扶下来，躺在东厢房的木榻上，向他说，"你睡吧，我们去喂我们的马，洗足，等你好了一点再走。"

淳于棼徘徊在槐树下，夕阳已消失在黄昏里了，向他身旁的客人说：

"在那梦里的国土我竟生了贪恋之心呢。谗言的流布使我郁郁不乐，最后当国王劝我归家时我竟记不起除了那国土我还有乡里，直到他说我本在人间，我蓦然想了一会才明白了。"

"你定是被狐狸或者木妖所蛊惑了，喊仆人们拿斧头来斫掉这棵树吧。"客人说。

白莲教某

白莲教某今晚又出门了。红蜡烛已烧去一寸，两寸，或者三寸，在案上的锡烛台上结一个金色小花朵，没有开放已照亮四壁。白莲教某正走着怎样的路呢。他的门人坐在床沿，守着临走时的吩咐，"守着烛，别让风吹息了。"

案上的锡烛台上的小花朵放开了，纷披着金色复瓣，又片片坠落，中心直立着一座尖顶的黑石塔，幽闭着甚么精灵吧，忽然凭空跌下了，无声的，化作一条长途，仅是望着也使人发愁的长途……好孩子，别打瞌睡！门人从朦胧中自己惊醒了，站起来，用剪子绞去半寸烧过的烛心。

从前有一天，白莲教某出门了，屋里留下一个木盆，用另外一个木盆盖着，临走时吩咐，"守着它，别打开看。"

白莲教某的法术远近闻名，来从学的很不少，但长久无所得，又受不惯无理的驱使，都渐次散去了，剩下这最后一个门人，年纪青，学法的心很诚恳，知道应该忍耐，经过了许多试探，才能获得师傅的欢心和传授。他坐在床沿想。

"别打开看"，这个禁止引动了他的好奇，打开：半盆清水，浮着一只草编的小船，有帆有樯，精致得使人想用手指去玩弄。拨它走动吧。翻了，船里进了水。等待他慌忙的扶正它，再用盆盖上后，他的师傅已带着怒容站在身边了，"怎么不服从我的吩咐！""我并没有动它。""你没有动它！刚才在海上翻了船，几乎把我淹死了！"

红蜡烛已烧去两寸，三寸，或者四寸，在案上的锡烛台上站一只黄羽小鸟，举嘴向天，待风鼓翅。白莲教某已走到哪儿呢。走尽长长的路，穿过深的树林，到了奇异的城中的街上吧。那不夜城的街上会有怎样的人，和衣冠，和欢笑。

半盆清水就是他的海。那海上是平静的还是波涛汹涌。独自驾一叶小船。门人想：假若有那种法术。只要有那种法术。

案上的锡烛台上的小鸟鼓翅飞了，随它飞出许多只同样的鸟，变成一些金环，旋舞着，又连接起来成了竖立的长梯，上齐屋顶，一级一级爬上去，一条大路……好孩子，你又打瞌睡，那你就倒在枕上躺一忽吧！门人远远的看见他师傅的背，那微驼的背，在大路上向前走着，不停一停，他赶得乏极了……

当他惊醒在黑暗里时，他明白这一忽瞌睡的过错了，慌忙的在案上摸着取灯，划一根，重点着了烛。而他微驼着背的师傅已带着怒容从门外走进来了。

"吩咐你别睡觉，你偏睡觉了！"

"我并没有。"

"你并没有！害我在黑暗里走十几里路！"

哀　歌

　　……像多雾地带的女子的歌声，她歌唱一个充满了哀愁和爱情的古传说，说着一位公主的不幸，被她父亲禁闭在塔里，因为有了爱情。阿德荔茵或者色尔薇。奥蕾丽亚或者萝拉。法兰西女子的名字是柔弱而悦耳的，使人想起纤长的身段，纤长的手指。西班牙女子的名字呢：闪耀的，神秘的，有黑圈的大眼睛。我不能不对我们这古老的国家抱一种轻微的怨恨了，当我替这篇哀歌里的姊妹选择名字，思索又思索，终于让她们为三个无名的姊妹。三个，或者七个，不吉祥的数目，梅特林克的数目。并且，我为甚么看见了一片黑影，感到了一点寒冷呢，因为想起那些寂寂的童时吗？

三十年前。二十年前。直到现在吧。乡村的少女还是禁闭在闺阁里，等待父母之命，媒妁之言。在欧罗巴，虽说有一个时代少女也禁闭在修道院里，到了某种年龄才回到家庭和社会来，与我们这古老的风习仍然不同。现在，都市的少女对于爱情已有了一些新的模糊的观念了。我们已看见了一些勇敢的走入不幸的叛逆者了。但我是更感动于那些无望的度着寂寂的光阴，沉默的，在憔悴的朱唇边浮着微笑，属于过去时代的少女的。不要提起斯宾诺莎和甚么机械宇宙观了，就凭我们一点人事的感受，一些零碎思想，一种直觉，无疑的我们对于自己的"明天"毫不能为力，冥冥之手在替我们织着锦，匆促的，但又胸有成竹的，谁能看见那反面呢？谁能知道那尚未完成的图样呢？

　　我们的祖母，我们的母亲的少女时代已无从想象了，因为即使是想象，也要凭借一点亲切的记忆。我们的姊妹，正如我们，到了一个多变幻的歧途。最使我们怀想的是我们那些年青的美丽的姑姑。和那快要消逝了的闺阁生活。呃，我们看见了苍白的脸儿出现在小楼上，向远山，向蓝天和一片白云开着的窗间，已很久了，又看见了纤长的，指甲染着凤仙花的红汁的手指，在暮色中，缓缓的关了窗门。或是低头坐在小凳上，迎着窗间的光线在刺绣，一个枕套，一幅门帘，厌倦的但又细心的赶着自己的嫁妆。嫁妆早已放满几只箱子了。那些新箱子旁边是一些旧箱子，放着她母亲，她祖母的嫁妆，在尺大的袖口上镶着宽花边是祖母时代的衣式，在紧袖口上镶着细圆的缎边是母亲时代的衣式，都早已过时了。当她打开那些箱子，会发出快乐的但又流出眼泪的笑声。停止了我们的想象吧。关于我那些姑姑我的记忆是非常简单的。在最年长的姑姑与第二个姑姑间，我只记得前者比较纤长，多病，再也想不起她们面貌的分别了，至于快乐的或者流出眼泪的笑声，我没有听见过。我倒是看见了她们家里的花园了：清晰，一种朦胧的清晰。石台，瓦盆，各种花草，我不能说出它们的正确的名字，在那时，若把我独自放在那些飘带似的兰叶，乱发似的万年青叶，和棕榈叶间，我会发出一种迷失在深林里的叫喊。我倒是有点喜欢那花园里的水池。和那乡间少有的三层楼的亭阁，曾引起我多少次的幻想，多少次幼小的心的激动，却又不敢穿过那阴暗的走廊去攀登。我那些姑姑时常穿过那阴暗的走廊，跑上那曲折的楼梯去眺远吗？时常低头凭在池边的石栏上，望着水，和水里的藻草吗？我没有看见过。她们的家和我们的家同在一所古宅里，作为分界的堂屋前的石阶，长长的，和那天井，和那会作回声的高墙，都显着一种威吓，一种暗示。而我那比较纤长，多病的姑姑的死耗就由那长长的石阶传递过来。

让我们离开那高大的空漠的古宅吧。一座趋向衰老的宅舍，正如一个趋向衰老的人，是有一种怪僻的，捉摸不定的性格的。我们已在一座新筑的寨子上了。我们的家邻着姑姑们的家。在寨尾，成天听得见打石头的声音，工人的声音，我们在修着碉楼，水池。依我祖父的意见，依他那些虫蚀的木板书或者发黄的手写书的意见，那个方向在那年是不可动工的，因为，依书上的话，犯了三煞。我祖父是一个博学者，知道许多奇异的智识，又坚信着。谁要怀疑那些古老的神秘的智识，去同他辩论吧。而他已在深夜，在焚香的案前诵着一种秘籍作禳解了。诵了许多夜了。使我们迷惑的是那禳解没有效力，首先，一个石匠从岩尾跌下去了，随后，接连的死去了我叔父家一个三岁的妹妹，和我那第二个姑姑。

关于第三个姑姑我的记忆是比较悠长，但仍简单的：低头在小楼的窗前描着花样；提着一大圈钥匙在开箱子了，忧郁的微笑伴着独语；坐在灯光下陪老人辈打纸叶子牌，一个呵欠。和我那些悠长又简单的童时一同禁闭在那寨子里。高踞在岩上的石筑的寨子，使人想象法兰西或者意大利的古城堡，住着衰落的贵族，和有金色头发或者栗色头发的少女，时常用颤抖的升上天空的歌声，歌唱着一个古传说，充满了爱情和哀愁。远远的，教堂的高阁上飘出宏亮，深沉，仿佛从梦里惊醒了的钟声，传递过来。但我们的城堡是充满着一种声音上的荒凉。早上，正午，几声长长的鸡啼。青色的檐影爬在城墙上，迟缓的，终于爬过去，落在岩下的田野中了，于是日暮。那是很准确的时计，使我知道应该在甚么时候跑下碉楼去开始我的早课，或者午课，读着那些古老的神秘的书籍，如我们的父亲，我们的祖父的童时一样。而我那第三个姑姑也许正坐在小楼的窗前，厌倦的但又细心的赶着自己的嫁妆吧。她早已许字了人家，依着父母之命，媒妁之言。

一切都会消逝的。一切都应了大卫王指环上的铭语。我们悲哀时那短语使我们快乐，我们快乐时它又使我们悲哀。我们已在异乡度过了一些悠长又简单的岁月了，我们已有了一些关于别的宅舍和少女的记忆了。凭在驶行着的汽船的栏杆上，江风吹着短发，刚从乡村逃出来的少女，或是带着一些模糊的新的观念，随人飘过海外去了又回来的少女，从她们的眼睛，从她们微蹙的眉头，我们猜出了甚么呢？想起了我们那些年青的美丽的姑姑吗？我们已离家三年，四年，五年了，在长长的旅途的劳顿后，我们回到乡土去了，一个最晴朗的日子，使我们十分惊异那些树林，小溪，道路没有变更，我们已走到家宅的门前。门发出衰老的呻吟。已走到小厅里了，那些磨损的漆木椅还是排在条桌的两侧，桌上还是立着一个碎胆瓶，瓶里还是甚么也没有插，使我们十分迷惑：是闯入了时间的"过去"，还是那里的一切存在于时间之外。最后，在母亲的鬓发上我们看见几丝银色了，从她激动的不连贯的絮语里，知道有些老人已从缠绵的病痛归于永息了，有些壮年人在一种不幸的遭遇中离开世间了。就在这种迷惑又感动的情景里我听见了我那第三个姑姑的最后消息：嫁了，又死了。死了又被忘记了。但当她的剪影在我们心头浮现出来时，可不是如阿左林所说，我们看见了一个花园，一座乡村的树林，和那些蒙着灰尘的小树，和那挂在被冬天的烈风吹斜了的木柱上的灯……

一九三五年一月十六日

货　郎

　　鼓在货郎手里响了起来。六月天，西斜的阳光照着白墙和墙外的槐树，层层的叶子绿得那样深；金属的蝉鸣声突然停止；在这种静寂里，这座大宅第不知存在了若干年了，于旅行人却会是一个惊奇的出现，这时门半掩着，像刚经过外出人的手轻轻一带。但这挑着黄木箱的货郎从草坡走下来，拐弯，经过一所古墓，不待抬头已知道是柳家庄了，举起手里的小鼓，摇得绷绷绷的响了起来。

　　他已走到门前了，趁这时候我们清楚的瞧瞧他：高个儿，晒旧了的宽边草帽下，油黑色的瘦脸上露着筋，长着斑白的须，是在老年人中很难遇到的那种倔强的，有响亮的笑声和好脾气的人。

他用手推开了门。惊骇他那样没有礼貌吗？这不过是最外一道门，白天虚掩着，晚上才关闭，他知道得很清楚，他不是一个陌生的来客。瞧他那不慌不忙的神气，挑着黄木箱迈进一个石板铺成的大院子向前走四五十步，站着望那严闭的两扇大门和门上半锈的铁环，手里的鼓又响了起来。

鼓声是他的招呼，告诉人"林小货来了"。林小货就是他的名字。没有人问他的家在哪儿，家里还有甚么人，他已多大岁数了。人们都和他太熟识，反而不问这些了，凡是当他从路旁的茅草屋过，农夫农妇都喊他的名字，买几根针，几尺布。于这些大宅第，他像一只来点缀荒凉的候鸟，并且一年不止来一次。但现在门内没有动静。他放下担子，放下鼓，把草帽边垫着阶石坐下，低着头。他在想甚么呢，这老来还要自谋衣食的人？难道想坐在这门外睡一觉吗，在这西斜的阳光里？轧轧，一个老女仆随着门开走出来：

"林小货吗？来多久了？"

"刚一会儿。"

"干吗不叫？要是我不出来掐青菜——"

"我刚坐下歇一会儿。我想总会有人出来，这晚半天。"

"老爷往常倒在这时候出来走走——"

"现在不了吗？"

"现在病了。"

"那么，劳您的驾，告诉老太太一声。"

这宅第的主人病了。这消息使他吃惊吗？他倒是有点惘然。想象那样一个和善的老头儿，拥有富足的田产，度着平静无波浪的生活，算是有福气了，而缺乏一点康健，正如这巨大的宅第缺乏一点热闹的人声。像故事里的员外，晚年才得一位公子。小姐们早出嫁了，公子也在娇养中长大了，但又到远远的地方去了，剩下两个老人和几个仆人。仆人们是不许高声讲话的，他们的脚步差不多是无声的来往在厅里，在走廊间，在楼梯上。这些林小货都知道。并且记得那和善的老头儿对他毫不拿身分，喜欢和他攀谈，谈年岁收成，谈县城里的事。他是很难得到县城里去的，因此林小货的话可多了，但他并不厌烦，有时还谈到他的公子。"听说公子很有才学，将来会做大事的。""要是在从前倒也许——"叹一口气。"还不回来娶媳妇吗？""时常有媒人来说亲呢。""像老爷这样人家，挑选得太难了。""倒是他不愿。孩子们的事情，现在我们不能做主了。"

老女仆重出来了，身边跟一条黄狗。狗也认识林小货，走拢来嗅嗅他的衣角，摇摇尾。

"老太太问有甚么新来的货？"

“哪有甚么好的。要用好的货，老太太早派人到县城里去买了。”但他还是打开了箱子。大概这女仆已受了嘱咐，由她作主的挑了一些东西。林小货是卖不了甚么也得走走。而这些大宅第的主人呢，向来是不缺乏甚么也得买点他的货。

“老太太叫你就在这儿吃晚饭。”

“天还早，多谢了。说我问老爷的病。”

“还到哪儿去?”

“不到哪儿去也得走了。”

我们这倔强的瘦瘦的朋友又戴上他的宽边草帽了。夕阳灿烂。他挑着黄木箱走出门外，陡然觉到自己的衰老和担子的沉重。将赶到一个市集里去吃晚饭吗？将歇宿在一家小客店里吗？将在木板床上辗转不寐，想着一些从来没有想到的事吗？他已走下草地，拐弯，经过一亩稻田，毫不踟蹰的走到大路上了。他又举起手里的鼓，正如我们向我们的朋友告别时高高举起帽子，摇得绷绷绷的响了起来。

二月二日

魔术草

　　魔术书上说有一种神奇的草，无论怎样难开的锁都不能抵抗它。这句话开启了我的幻想。从深山中，采摘者寻着那种草，青青的，放进紧闭的木匣里过了许多日子，变成枯黄的了，乃有无比的魔力。许久来我悲哀得很神秘，仿佛徘徊在自己的门外，像失掉了乐园的人，有时真愿去当一个卖火柴的孩子，在寒夜里，在墙外，划一小朵金色的火花像打开一扇窗子，也许可以窥见幸福的炫耀吧。直到现在才明白我找寻的钥匙大概是一根草，一种久已失传的无人认识的草。

　　许多神奇的法术久都已失传了。当我是一个孩子时，常听说就在附近那个小市集里，在那些破落户与逐什一之利者之中，有一个无家无业的人，成天披着褴褛的衣衫，拖着破鞋，在那条唯一的小街上闲散的走来走去，右手剔着左手里的几个青铜钱，剔着剔着，钱遂增多了。他是如此的获得了每天的糊口之资。"为甚么他还是很穷呢？"我发问了，向一位理发师或者一位鞋匠，他们都是那个奇人的称道者。"那样得来的钱是不能积起来的。只能有一个用一个。"又为甚么呢？慢慢的我懂得那道理了：一个学法术的人必须向他师傅立誓，以一种不幸的缺陷作为取得那秘密的传授的代价，瞎眼，跛足，或者没有儿女。这个解释给我那时的幻想一种警惕，使我对于超人的魔力生了畏惧，同时十分哀怜那位奇异的穷朋友。

但我对于魔术的倾向并未消灭，在灯下，在炉火边，我还是热切的听着奇异的传说。我的一位百余年前的远祖就是一个传说里的人物，知道许多法术。清明时节，我曾去扫过他的墓，青石台阶与碑上的雕饰都很古拙，和其他的墓不同，使我感到年代的久远。

那时我最羡慕的一种法术是定身法：以一种魔力使人恍惚觉得身临绝岩或者四面皆水，不敢稍动，听说我那位远祖老来拄杖出游，若是没有礼貌的青年人冒犯了他，就施行这种法术，使他呆立路旁，直到在前途遇见行人才捎信叫他走。当时的巫师们都很尊敬他。有一次他到某家去看巫师作法事，那些妄人大概不认识这位有名的老头儿，对他有点简慢，于是他悄悄的退出门外，同时院子里的两个大石鼓跳进门去，跳进堂屋去伴着那些巫师一同舞蹈，吓得他们立刻明白了刚才来的是谁。但我那位远祖的一生并没有甚么不幸的缺陷。只是听说晚年来，凡是家中过年杀猪时，都得送他到远远的亲戚家里去，不然，他听见了猪的哀鸣声，心中一动，猪就再也杀不死了。这也许使他厌倦了自己的法术吧。是的，他的心里一定经过了许多思索，经过了许多暗暗的痛苦，所以他的法术没有传授给人就随他葬入墓中去了。但我那时是一个孩子，没有想到这些。只是很神往的听着关于他的传说。除了那些秘密的智识，人们说，他又是一个有正经学问的人，在他家里，一位族中寒微的老先生长期住着，作一部《易经注解》；两位老头儿常在书房里热切的讨论着，翻着满案的书籍；长夏的下午，家人送上点心，他们竟蘸着一砚墨汁吃了，留下一碟白糖。那位对于《易经》入了魔的老先生，每当他家里有婚嫁之事或者过年，就背着一包袱书，挂着杖回去，走到门外不远的树阴下就坐着歇气，打开书，读到天黑了，只得又走回来，第二天再坐轿子回去。那部《易经注解》终于雕板了。而他的一位远代孙就是我的发蒙先生，曾到京城来呈献过那部书，会用龟壳卜卦。

那部书我曾在箱子里的乱书堆中见过（现在也许已残缺了），但并不怎样注意它。我想获得的是一部魔术书，那时，在乱离中，大人们日夜愁着如何避祸，而我遂自由的迷入了许多神异小说里去，找到了幻想的天地。我最羡慕小说里的一种隐身草，佩了一根就谁也不能看见。

现在，在灯下，在白纸上，我写着一个题目：魔术之起源。我想以一种悲观的思想说明魔术之起来是很自然的，犹于夜间之梦。至人无梦，那个境界虽然明净得很，于我们凡人却嫌荒凉。而我的笔突然停止在白纸上。"唉，你又在出神了，你的思想又飞到甚么辽远处去了？""没有甚么，"我回答自己，"我的思想就在这灯光之内。"灯光，白雾似的，划着一圈疆域，像圆墓。我掷下我的笔，这时我真想有一种白莲教的邪术：一盆清水，编草为舟，我到我的海上去遨游。

三月十九日

楼

　　"告诉我那座楼的故事。"我说。我和我的朋友坐在塘边，已把钓丝抛了出去，望着漂在水上的白色浮标。在一个沙漠地方住了几年，我变得固执又伤感，但这个夏天却无法谢绝这位朋友的邀请，他说旅行和多雨的气候会使我柔和，清爽，有生气些，于是我到了他的家乡。

　　"楼的故事?"

　　"是的。昨天黄昏我们望见的那座楼。"昨天，我们散步到很远的地方，最后停在一所古庙侧的石桥上。桥上是竹林的影子，桥下流水响得凉风生了。我遥指一座矗出于白墙黑瓦的宅第间，夕阳照着的高楼，问那是谁家。关于那座楼有着故事呢，他说。今天他却忘记了。"我在一个沙漠地方住了几年，那儿风大得很，普通的屋子都没有楼，但我总有一个登高眺远的兴致，所以昨天那样的高楼常出现在我梦里，可望不可即。"

"你这几句话说得很动人。"他笑了。

"我准备着听一个动人的故事。"

"首先告诉我，你当孩子时候喜欢钓鱼吗？"

"我不能用一句话答复你。许多事情别人做着，我想象着很喜欢，一到我自己手里就成了一个损失。我永远是个急脾气。从前在家里，与我年纪差不多的叔叔们常晚上带着狗和仆人到山林里去打猎，我却毫无那种野孩子气，一次也没有参加，现在回想起来很悲哀，仿佛狂欢之门永远在我面前关闭，我无论如何也想象不出黑夜的林子里火把高烧的景象。"

"你大概住在一个语言不通的异国里，而你实在口若悬河。"

"他们也常钓鱼，斜风细雨，戴着斗笠在塘边，不想回家吃饭。我那时很不了解。天晴日子也有时跟着出门去，替他们照管一枝钓竿，但鱼总不来吃我的，我坐在小板凳上无趣极了，再也不愿等下去。"

我那叔叔们真是多才多艺，自己到竹林里去挑选竿子，用火熏后再倒悬在墙上，下面吊一块石头；自己扭丝绳；

更有趣的是他们逃学的故事。但乡间把他们埋没了。现在让我坐在塘边想他们一会儿吧，趁我身旁的朋友默默不言，一心以为有鸿鹄将至的样子，望着水上。

我的浮标没水了一个。我忙乱的举起竿来，一个空钩，上面的饵已不见了。

"你太快了，应该等第三个浮标没水的时候。"

这点智识我早就知道。但我不是太快了就会太晚了。并且我正关心着那尾受惊的鱼，那细圆的嘴若是挂在我的钩上是多么可怜呵，从此我将用一根针垂钓，你们都别笑我缘木求鱼。

"这塘里的鱼被钓得很狡猾了。"我的朋友替我把钓丝又抛了出去。

"我准备着听你的故事呢。"

"说是故事，其实很简单的。"他说。"那家姓艾，不知在甚么时候，从甚么地方搬到这里来，买了许多田产，但总招一般乡民的歧视。关于这一姓的来历生了许多传说，更奇怪的几代都是单传，于是成了一个孤零的，随时有断绝的忧虑的姓氏了。到了这最末一代名叫艾君谷的，据说从小就很聪慧，只是被娇养了，成为一个走马斗鸡的纨绔了。门下客九流三教都有。中年无子，却醉心于一种培植园林，建筑宅舍的癖好。每当一次繁重的工程完成时，他又有了新的计划，又得拆毁了再开始，以此耗费了他家产的大半，最后留下他的夫人和一个女儿就死去了。我们昨天望见的那个宅第和那座高楼就是他最后的匠心的结构，人们说，要是他活着准还是不满意的。"

"这是一切悲惨故事的代表，我敢说。我们都有一种建筑空中楼阁的癖好。我从前在家里读书，不知在甚么书上遇见了这样一句话，'仙人好楼居'，引起我许多想象，那时我还是一个孩子。以后，大概那个出名的人类祖先的故事暗示了我，我总常有一个无罪而度迁谪之月的感觉。这并没有一点伤感成分。我仿佛知道一个真理，唯有在这地上才建筑得起一座乐园，唯有用我们自己的手，但我总甘愿生活在最荒凉的地方，冰天雪地，牧羊十九年，表示我一点忠贞之心。"

"他的夫人和女儿相依为命，过着一种静寂的，倾向衰微的日子，在那所大宅第中。一般乡民都把那座高楼看作不吉祥的东西。他女儿的婚事低不成，高不就，但据说是一个美人呢。"

这是一个悲惨故事的袅袅余音，我敢说，很可以推波助澜，又成一支哀曲。我想起了那位出名的波斯女子，睡在暴虐的苏丹的床上，生命悬于呼吸之间，还能很巧妙的继续她的故事。那是一个很好的态度，使我十分惭愧。我的日子过得很荒芜，在昨天与明天之间我总是徘徊，不能好好的做我的工作。但听呵，我的朋友又开口了：

"从前，当她父亲还在时，有人向我家提过亲。我母亲曾到她家里去过，但没有见着，回来说起很好笑，她上楼下楼，像追赶一个羞涩的小动物。那时我很反对这种捉迷藏似的婚姻，遂作罢论了。"现在我这朋友已有一个幸福的家了。

我们都默默的望着水，望着水上的白色浮标，因为一个人坠入沉思的时候，总爱把他的目光固定在一点触目的东西上。但突然我的朋友从梦幻中醒来，举起钓竿，一尾鱼在空中翻露了它的白腹，接着就落在塘边的草地上。可怜的东西，竟不会发出一声最后的叫喊，努力想跳跃也无用了，还是进丝网里去吧。丝网，替代了提篮，装着鱼可以放在水中让它多活一会儿。

"鱼这东西可怜得很，不会发出声音。"

这句话脱口而出，我却不胜悲，我们这语言又有甚么用呢，徒然使我苦于一种滔滔不绝的雄辩的倾向，正如一个天生的画家而坠地又是盲人，但我的朋友呵，我又开口了。

"我有几个得意的题材，几时来编成故事流传后世。其一是疯子。不知怎的我对于那种披发发狂的人很向往。其次大概是个女扮男装的美女子，很早就牵引了我的想象，自从小时起，从老仆人的口中，听了那个流传民间的祝英台的故事。"

"还有呢?"

"还有一个王孙公子，卖身为奴。我并不是说一旦失意，路旁时卖故侯瓜，那大概是个老头儿，怪寒伧的，却别有一个高贵的动机，比如说，银鞍白马，从谁家红楼下过，俯仰之间遂决定了一次豪华的游戏。但我的朋友呵，我有点儿怀念我那个沙漠地方了，我那北窗下的书桌已尘封了吧。我决定明天动身回去。"

四月五日成

弦

当我忧郁的思索着人的命运时,我想起了弦。有时我们的联想是很微妙的。一下午,我独步在园子里,走进一树绿阴下低垂着头,突然记起了我的乡土,当我从梦幻中醒来时,我深自惊异了,那是一棵很平常的槐树,没有理由可以引起我对乡土的怀念,后来想,大概我在开始衰老了,已有了一点庭园之思吧。现在我想起了弦。我们乡下,有一个算命老人,他的肩上是一个蓝布笔墨袋,一张三弦。当他坐在院子里数说着人的吉凶祸福,他的手指就在弦上发出琤琮声,单调,零乱,恰如那种术士语言,但我那时是一个孩子,对那简单的乐器已生了爱好,虽说暗自想,为甚么不是七弦呢,假若多几根弦一定更悦耳的。我很难说我现在想起的弦到底是那老先生手指间的，还是我想象里更繁杂的乐器，但我已开始思索着那位算命老人自己的命运了。

假若我们生长在乡下落寞的古宅里，那么一个老仆，一个货郎，一个偶来寄食的流浪人，于我们是如何亲切呵。我们亲近过他们又忘记了。有一天，我们已不是少年了，偶尔想起了他们，思索着他们的命运。有一天，我们回到那童年的王国去了，在夕阳中漫步着，于是古径间，一个老人出现了。那种坚忍的过着衰微日子的老人，十年或者二十年于他有甚么改变呢，于是我们喊："你还认识我吗，算命先生？"他停顿着，抬起头，迟疑的望着我们。"你已不认识我了。你曾经给我算过命呢。"我们说出我们的名字。他首先沉默着，有点儿羞涩，一种温和的老人常有的羞涩，随后絮絮的问起许多事情。因为我们刚从很远的地方回来。他呢，他刚从一座倾向衰落的大宅第回来。那是我们童时常去的乡邻，现在已觉疏远了，正迟疑着是否再去拜访一次。我们一面回想着过去，一面和这过去的幽灵似的老人走着，回答着。"明天来给我再算一次命吧。""你们读书先生早已不相信了。""不，我相信。"我们怎样向他解释我们这种悲观的神秘倾向呢？我们怎样说服这位对自己的职业失了信心的老人呢？从前，有人嘲笑他时他说，

"先生，命是天生的，丝毫不错的，我们照着书上推算呢。"
他最喜欢说一个故事，"书上说，从前有两个人，生庚八字
完全相同，但一个是宰相，一个是叫花子。甚么道理呢？
因为一个是上四刻生，一个是下四刻生。一个时辰还有这
样的差别呢。""那么你算过你自己的命吗？"嘲笑者说。
"先生，"他叹一口气，"我们的命是用不着算的。"现在，
他经过了些甚么困苦呢，他是在甚么面前低下了他倔强的
头呢？他也有一个家吗？在哪儿？我们想问终于又不问了。
但他不待问就絮絮的说出许多事故，先后发生在这乡村里
的，许多悲哀的或者可笑的事故。只是不说他自己。也许
他还说到他刚去过的那座大宅第里已添了一代新人了；已
没有从前那样富裕了；宅后那座精致的花园已在一种长期
的忽略中荒废了。在那花园里曾有我们无数的足迹，和欢
笑，和幻想。我们等待着更悲伤的事变。然而他却停止了，
遗漏了我们最关切的消息，那家的那位骄傲又忧郁的独生
女，我们童时的公主，曾和我们度过许多快乐的时光而又
常折磨着我们小小的心灵的，现在怎样了？嫁了，或者死
了，一切少女的两个归结，我们愿意听哪一个呢？我们想
问终于又不问了。我们一面思索人的命运，一面和这算命
老人走着，沉默着，在这夕阳古径间。于是暮色四合。到
了一个分歧的路口，我们停顿着，抬起头，迟疑的彼此对

望一会儿。"请回去了吧，先生。"于是我们说：再见。

再见：到了分歧的路口，我们曾向多少友伴温柔的又残忍的说过这句话呢。也许我们曾向我们一生中最亲切的人也这样说了，仅仅由于青春的骄矜，或者夸张，留下无数长长的阴暗的日子，独自过度着。有一天，我们在开始衰老了，偶尔想起了那些辽远的温暖的记忆，我们更加忧郁了，却还是说并不追悔，把一切都交给命运吧。但甚么是命运呢：在老人或者盲人的手指间颤动着的弦。

七月二十三日

静静的日午

"你听见了汽笛声吗?"柏老太太喊。

"我听见了,在我伸起手,刚要把花插进瓶里去的时候。"一个高高的穿白衫的女孩子说。

"我呢,正在我用钥匙开了那个大衣柜的时候,那快乐的尖锐的声音叫起来了。我说它是快乐的,不是吗?它仿佛很高很高的飞上天空,又散到很远很远的地方去了。"

柏老太太刚从内室走出来。这儿是客厅。这古老的客厅今天现着节日的神气。一大束白色红色的茶花在长桌上的供瓶里。青色的檐影在石阶上。壁钟上十一点三刻。柏老太太在等着她的孩子从远方归来,她曾有过几个孩子,但这是她最小的也就是仅存的一个了。

"我从前住在一个北方城市里。"柏老太太说。

垂手听着的女孩子笑了。这位老太太说她的从前总是这样开始的。

"我现在记起了那个城市，"柏老太太坐下一把臂椅，"它是几条铁路的中心。我住的地方白天很清静，到了晚上，常有一声长长的汽笛和一阵铁轨的震动，使我想着很多很多的事情。后来我读了一位法国太太写的一本小书，一个修道院的女孩子在日记写着：车呵，你到过些甚么样的地方？那儿有些甚么样的面孔？带着多么欢欣又忧愁的口气。我觉得我就是那个年青的苍白的修道女。那时我读着很多很多的书，读得我的脸有点儿苍白了。"

微笑着的女孩子在从这位老太太满是皱纹的脸上想象她年青时候的苍白。

"我又读过一本书，三位年青漂亮的俄国小姐住在乡下，常喊着要到她们从前住过的那个大都会去，但总没有去，有一天，那位最年青的小姐忽然向着窗子哭起来了：天呀，意大利文的窗子是甚么，我记不起了。她从前学过意大利文。那时俄国有身分的小姐们都学过外国文，但在乡下，是一点也用不着了。现在我想起那位小姐我还是很喜欢她。你喜欢她吗，孩子？"

"我也许会喜欢她。"

"也许会。你要是读了那本书你一定会。年青时候有些幻想是很有趣的，我那时希望有条铁路到我家乡，夏天回来，过了夏天就走，顶方便的。现在几里路远就有一个车站，但我已不想到哪儿去了。我那时又希望有一乘马车。"柏老太太停一停，忽然喊："我叫驾我的马车到车站去，早已去了吗？"

"早已去了。"

"我们不能让他自己走回来。你不知道长途旅行是怎样劳苦，你没有到远方去过。"

"我知道。"

"你怎样会知道呢？"柏老太太看见她低下头了。"是的，你以后也会到远方去。等我的孩子回来和我过了夏天，我们带你一块儿旅行去。我知道你也不满意乡下，和那位俄国小姐一样。有一天，你父亲向我喊：老太太，您说不是吗，我们乡下人用得着读甚么书？你也想学意大利文吗，小姐？你也想读得你的脸和修道女一样苍白吗？"

"柏先生该早已忘记了他的小邻居了。"

"我要向他说你。说你使我温暖的过了许多冬天。我们这样老了的人常是寒冷的，但从你们年青人身上有时找到了我们那已失去了的自己。"

"老太太，您说我就穿这身衣衫见柏先生吗？"

"我喜欢简单的颜色。白色，或者黑色。白色的衣衫显得你是快乐的，善良的，换上黑色的你就成了一个多思虑的孩子了。"

"那么我倒愿意穿黑色。"

"那么他将捉摸不定你了。他将说：我找不到从前那熟习的门了。从前你是一个简单的快乐的孩子，像一颗小小的常青树。现在你长得这样高了。"柏老太太停一停，忽然喊："我叫驾我的马车到车站去，早已去了吗？"

"您不是刚问过吗？"

"我的意思是说早应该回来了。"

"也许快回来了。"

柏老太太偏着头听一会儿。忽然喊：

"我的孩子，来帮我一下吧，我想起来。"女孩子跑到她面前去。"我有点儿心烦。我想起来走走。"女孩子把手递给她，"你就坐在我侧边吧。我们还是说说话吧。我说我从前住在一个北方城市里，是吗？那时我也有一位小邻居，一个五六岁的孩子。我常牵着她的手，望着她那寂寞的大眼睛，想问她，你思索着甚么？寂寞的小孩子常有美丽的想象。我记得我小时候，院子里开着一种像蝴蝶的花，我相信它们是会飞的，常独自守着它们，但它们总不飞，于是我悲哀极了。那位小邻居使我想起自己的童时。后来——"

"后来怎么了?"

"后来她父亲回南去,已经到站了,突然在下车时候跌到铁轨上去了。她和她一家人便都奔丧回去了。"

"真的吗?"

"你以为我在说故事吗?在故事上我们说这太凑巧了。在人事上我们却说这太不凑巧了。为甚么他要在那一班车回去?为甚么要在那一秒钟下车?一秒钟内有多少可能呢?我觉得时间是不可思议的,可怕的。"

"老太太。"女孩子轻声的但有力的喊了出来。

"是的,为甚么有些古怪的念头跑到我脑子里来了呢?我觉得时间静得可怕。你听,甚么声音也没有。"

是的,树叶子没有声音,开着的窗子也没有声音。全乡村都仿佛入睡了,在这静静的日午。但突然,壁钟响了起来:十二点。

慢慢的,女孩子从柏老太太怀里抬起头来:

"我听见了铃声,和马蹄声。"

七月二十七日成

还乡杂记

对人，爱更是一种学习，一种极艰难的极易失败的学习。

《还乡杂记》曾以《还乡日记》《还乡记》为名，在1939年、1943年分别由上海良友复兴图书印刷公司和桂林工作社出版，内容多有删减。1949年，上海文化生活出版社出版《还乡杂记》，始恢复原貌。本辑收录其中所有作品。

我和散文（代序）

我是怎样写起散文来的呢？

假如十年以前有预言家劝我献身文学，并断言除了伏案写文章而外再没有旁的工作于我更合适，更理想，我一定要大声的非笑他。就在五年以前，我自己也料想不到将浪费许多时间来写出一些不长不短的文章，名之曰散文。

我的生活里充满了愤怒。

最初引诱我走上写作之路的是诗歌。我写了许多年的诗，我写了许多坏诗。直到大学三年级我才突然发现自己的失败，像一道小河流错了方向，不能找到大海。

我在大学里读着哲学，又是一个偶然的错误，因为我当初只想到作为了解欧洲文化的基础必须明了西方哲学思想的来源和演变，不曾顾及我自己的兴趣。诗歌和故事和美妙的文章使我的肠胃变得娇贵，我再也不愿吞咽粗粝的食物，那些干燥的紊乱的理论书籍。伊曼纽尔·康德是一个没有趣味的人，他的书更没有趣味。我们的教授说他一生足迹不出六十里，而且一生过着规律的生活像一座钟，邻人们可以从他的散步，吃饭，工作，知道每天的时间。在印度哲学的班上，另一位勤恳的白发教授讲着胜论，数论，我却望着教室的窗子外的阳光，不自禁的想象着热带的树林，花草，奇异的蝴蝶，和巨大的象。

就在这时候我开始和两位同学常常往还。这在我是很应该提到的事。因为我的名字虽排在这有千余人的学校的名册里，我的生活一直像一个远离陆地的孤岛，与人隔绝。而且这就是使我偶然写起散文来的因子。在那两位同学中，一个正句斟字酌的翻译着阿左林、纪德等人的文章，他们虽不止是散文家，称之为文体家大概是可以的。另一个同学也很勤勉，我去找他时他的案上往往翻着本未读完的书，或者铺着尚未落笔的白稿纸。于是我感到在我的孤独，懒惰，和暗暗的荒唐之后，虽说既不能继续写诗又不能作旁的较巨大的工作，也应该像一个有自知之明的手工匠人坐下来安静的，用心的，慢慢的雕琢出一些小器皿了。于是我开始了不分行的抒写。而且我们常常谈论着这种渺小的工作，觉得在中国新文学的部门中，散文的生长不能说很荒芜，很孱弱，但除去那些说理的，讽刺的，或者说偏重智慧的之外，抒情的多半流入身边杂事的叙述和感伤的个人遭遇的告白。我愿意以微薄的努力来证明每篇散文应该是一种纯粹的独立的创作，不是一段未完篇的小说，也不是一首短诗的放大。

督促着我的是一个在北方出版的小型刊物。我前面提到的那第一位同学，也就是它的编辑人之一，常到我的寄宿舍里来拿走我刚脱稿的文章，而且为着在刊物的封面上多印一个题目显得热闹些，我几乎每期都凑上一篇。

然而不久刊物停了。我也从大学寄宿舍里出去学习着新的功课了。

"一个制造中学生的工厂"

一个新的环境像一个狞笑的陷阱出现在我面前。我毫不迟疑的走进去。我第一次以自己的劳力换取面包。我的骄傲告诉我在这人间我要找寻的不是幸福。正是苦难。

那是炎热的八月天，我被安置在一间当西晒的小屋子里：隔着一层薄墙壁，那边是电话，电铃，和工友的住室。

而且在铁纱窗的角上，可怕的满满的爬着黑色的苍蝇。我首先便和那些折磨着威胁着我的敌人，阳光，嘈杂声，与苍蝇，开始了争斗。

一个比我先来的热情的朋友第一天下午便引我出去游览那周围的风景：

一片接受着从都市流散出的污秽与腐臭的洼地。

洼地的尽头，一道使人想象着海水，沙滩，和白帆的长堤出现在夕阳中。在它的身边流着一条臭河。

当我们在堤上散步着，呼吸着不洁的空气，那位朋友告诉我这片洼地里从前停放着许多无力埋葬的苦人的棺材；常有野狗去扒开它，偷食着里面的尸首；到了夏天，更常有附近的穷苦人坐在那里，放一把茶壶在棺材上，一边谈天一边喝茶。他又告诉我黄昏时候，这条路上有许多结伴回家的从工厂里出来的小女孩，他常常观察着她们，想象着许多悲惨的故事。

我们感到我们也就是被榨取劳力的工人，因为我所寄身的地方，"与其说那是一个学校，不如说是一家出名的私人营业的现代化的工厂，因为那里制造着中学毕业生"。

在这种生活里我再也不能继续做着一些美丽的温柔的梦，而且安静的用心的描画它们。我沉默了。不过这沉默并不是完全由于为过重的苦难所屈服，所抑制，乃是一种新的工作未开始以前的踌躇。

自然，时间被剥削到没有写作的余裕也是事实。

在月夜，或者在只有星光的天空下，我常和那位朋友在一个阔大的空场上缓步着，谈论着许多计划，许多事情。然而我那时对于人间的不合理，仍是带着一种个人主义者的愤怒去非议。我企图着，准备着开始一个较大的工作，写一个长篇小说来作为个人主义的辩护。我再也不想写所谓散文。我感到只有写长篇小说才能容纳我对于各种问题的见解，才能舒解我精神上的郁结。

但因为没有闲暇，这计划中的工作才做到十分之一便搁下了。在这一年中，我实在惭愧得很，只把过去那些短文章编成了一个薄薄的集子，就是《画梦录》。

关于《画梦录》和那篇代序

从《画梦录》中的首篇到末篇有着两年多的时间上的距离，所以无论在写法上或情调上，那些短文章并不一律，而且严格的说来，有许多篇不能算作散文。比如《墓》，那写得最早的一篇，是在读了玮耶·德·里拉丹的几篇小故事之后写的，我写的时候就不曾想到散文这个名字。又比如《独语》和《梦后》，虽说没有分行排列，显然是我的诗歌写作的继续，因为它们过于紧凑而又缺乏散文中应有的联络。

《岩》才是我有意写散文的起点。一件新的工作的开头总是不顺手的，所以我写得很生硬，很晦涩。渐渐的我驾驭文字的能力增强了，我能够平静的亲切的叙述我的故事，不像开头那样装腔作势，呼吸短促，然而刚才开始走入纯熟之境，我那本小书就完了。我实在写得太少。

如前面所说，我的工作是在为抒情的散文找出一个新的方向。我企图以很少的文字制造出一种情调：有时叙述着一个可以引起许多想象的小故事，有时是一阵伴着深思的情感的波动。正如以前我写诗时一样入迷，我追求着纯粹的柔和，纯粹的美丽。一篇两三千字的文章的完成往往耗费两三天的苦心经营，几乎其中每个字都经过我的精神的手指的抚摩。所以当我在一篇评《画梦录》的文章里读到"然而尽有人如蒙天助，得来全不费力。何其芳先生或许没有经过艰巨的挣扎……"我不胜惊异。幸而还有一个"或许"。从此我才想到，除了几位最亲近的朋友而外，少有人知道我是如何迟钝，如何枯窘。

我并不打算在这里解释过去的自己，尤其对于那些微妙的也就是纤弱的情感，思想，和感觉。因为现在我已有了这样一种心境，不知应该说是荒凉还是壮健：虽有旧梦，不愿重温。在一年以前我已诚实的说"有时我厌弃我自己的精致"。"因为这种精致,"如上面提到的那篇评论文章里所说,"当我们从坏处想,只是颓废主义的一种变相。"那句议论很对,而且我觉得竟可以去掉那个条件子句。我虽不会像一个暴露病患者那样夸示自己的颓废,却也不缺乏一点自知之明,很早很早便感到自己是一个拘谨的颓废者。

或者说一个书斋里的悲观论者。因为这种悲观的来源不在于经历了长长的波澜起伏的人生(当你在那里面浮沉并挣扎时是没有闲暇来唱厌倦之歌的),而在于孤独。孤独,是的,是我那时唯一的伴侣。记得那时我偶尔在什么书上读到一位匈牙利思想家的一则语录,大意说世界上有两种人,一种使人无聊,一种自己无聊,前者是不可忍耐的庸俗之辈,后者却大半是思想家,艺术家,使我非常感动。仿佛我从此有了一个决心:

> 甘愿生活在最荒凉的地方,冰天雪地,牧羊十九
> 年,表示我一点忠贞之心。

对于谁呢,这忠贞之心?对于人生。对于人生我实在是充满了热情,充满了渴望,因为孤独的墙壁使我隔绝人世,我才"哭泣着它的寒冷"。

对于人生，现在我更要大声的说，我实在是有所爱恋，有所憎恶。并不像在《画梦录》的代序中所说的。

对于人生我动心的不过是它的表现。

使我轻易的大胆的写出那句话来的是骄傲。那时我在前面描写过的那个制造中学生的工厂里，很久不曾写文章了。一个夜半我突然重又提起笔来，感到非常悒郁，简直想给全世界的人一个白眼。我像写诗一样激动的草成了那篇惊心动魄同时也是语无伦次的对话。就在不远的后面：

我在车厢内各种不同的乘客的脸上得着一个回答了：那些刻满了厌倦与不幸的皱纹的脸，谁要静静的多望一会，都将哭了起来或者发狂的。

就是另外一个完全相反的对于人生的态度。因为对于人间的幸福和欢乐我很能够以背相向，对于人间的不幸与苦痛我的骄傲却只有低下头来变成了愤怒和同情的眼泪。最近一年我从流散着污秽与腐臭的都市走到乡下，旷野和清洁的空气和鞭子一样打在我身上的事实使我长得强壮起来，我再也不忧郁的偏起颈子望着天空或者墙壁做梦。现在我最关心的是人间的事情。

关于《还乡杂记》

我到了山东半岛上的一个小县里。

离开了我的第二乡土，北平，独自到这个偏僻的辽远的陌生地方来，我几乎是带着一种凄凉的被流放的心境。然而正如故事里所说的奇遇，每个环境都有助于我的长成，在这里我竟发现了我的精神上的新大陆。

从前我像一个衰落时期的王国，它的版图日趋缩小。现在我又渐渐的阔大起来。

因为现在我不只是关心着自己。

因为看着无数的人都辗转于饥寒死亡之中，我忘记了个人的哀乐。

乡下的人们的生活是很苦的。我每天对着一些来自田间的诚实的青年热情的谈论，我不能不悲哀的想到横在他们脸面前的未来：贫贱和无休息的工作。同时我又想到居住在都市里的人们，和很有力量可以作事情然而不作的人们：

　　一方面是庄严的工作，一方面是荒淫与无耻。

这两句话像两条鞭子。也就似乎打在我自己的背上。在已经逝去了的那样悠长的岁月里，除了彷徨着、找寻着道路之外，我又作了一些什么事情呢？就是现在，我也仅仅能惭愧的记起我那计划中的长篇故事。但又已有点点动摇：我不想扮演一个个人主义的辩护者。一个二十世纪的堂吉诃德。

这时一位在南方编杂志的朋友来信问我是否可以写一点游记之类的文章。因为暑假中我曾回家一次。这使我突然有了一个很小的暂时的工作计划，想在上课改卷子之余，用几篇散漫的文章描写出我的家乡的一角土地。

这就是《还乡杂记》。一个更偶然的结成的果实。

当我陆续写着，陆续读着它们的时候，我很惊讶。出乎自己的意料之外，我的情感粗起来了，它们和《画梦录》中那些雕饰幻想的东西是多么不同啊。粗起来了也好，我接着对自己说，正不必把感情束得细细的像古代美女的腰肢。于是我继续写下去。但这时我又发现对于家乡我的知识竟也可怜得很，最近这十三天的停留也没有获得多少新的。真要描写出那一角土地的各方面不是我的能力所能达到。我只有抄写过去的记忆。

抄写我那些平平无奇的记忆是索然寡味的，不久我就丧失了开头的热心。我所以仍然要完成它，不是为着快乐，是为着履行对自己约定的允诺。

因此这件小工作竟累赘了我一年。一年是很长的，我那个长篇故事也在我心里长得成熟了，我要让那里面的一位最强的反对自杀的人物终于投海自尽，因为一个诚实的个人主义者只用他自己的手割断他的生命，假若不放弃他的个人主义。

"活着终归是可赞美的"

现在让我重复一遍我开头的话吧，假如十年以前有预言家劝我献身文学，并断言除了伏案写文章而外再没有旁的工作于我更合适，更理想，我一定要大声的非笑他。

十年以后呢？我同样不能想象。

不过，我一定要坚决的勇敢的活下去。活着终归是可赞美的，因为可以工作。

一九三七年六月六日深夜，莱阳

呜咽的扬子江

老是下着雨。我几次路过汉口都遇着连绵的使人发愁的雨，因为都在夏季。但这次特别厌烦，我们已等了三天的川江直航船，听了三天的雨。

在这单调的雨声里，一支下流的，快乐的，带金属声的歌曲忽然唱了起来，从对面广东酒家的话匣子上飘到我们住着的旅馆的楼上，使我起了一种摸弄着微腥的活鱼似的感觉。我从侧面的窗子望出去，一家银行的建筑物遮断了我的视线。空气是十分潮湿。对于这饱和着过多的水分的空气，过惯了那种大陆气候的人感到十分不舒服。而且，虽然下着雨，屋子里还是闷热。于是我开了那放在地板上的小风扇。

我同行的孩子正在暗自埋怨着我们国家里的交通吧。她是比我更渴切的想早回到家乡，早晤见家中的人们的。

我们都忘记在平汉列车上受的罪了，一天上午，车突然在河南境内的一个小站前停住了，因为前面翻了一列煤车。一直停到黑夜袭来。那使稻谷变成黄金色的六月的太阳使旅客们无辜受了一整天炮烙之刑。三等车厢里倒也安置有风扇。但大概是用来壮观瞻或者作广告的，开的时候很少，车一停便随着关闭了。我的旅伴以一种孩子气的不能忍耐来怨天尤人。我记起了一篇左琴科的讽刺小说，那是极刻薄的形容着帝俄时代的交通的。我向她重述了一遍。也是在车上，旅客们正眺望着窗外的风景，忽然发现列车向后方倒开了；原来车掌被风刮去了帽子；倒开到一个树林前，旅客们都下车去替他找寻那顶帽子，寻找了许久许久然后在一个树枝上获得了，然后大家上车继续前进。感谢我们的国家，我最后笑着说，我们总比在那种情形中好得多了。结果我们也继续前进了。只是到汉口时误了八个钟头，特别快车成了特别慢车。但现在我不仅不借那种天灾人祸来攻击铁路交通，而且开始赞颂了，我说：

"二，你还记得你在车上的埋怨吗？我早就说铁路是我们国家里最进步的交通，有一定的班期，有一定的时间，假若长江的船也和火车一样，我们不是已快到家了吗?"

我有一点反复无常。

我在生气，对旅馆里探问船期的人的报告生气。他说今天有一只民生公司的直航船，但不卖票，在上海开船的前两天便停止卖票了，因为有什么考察团到四川去，船上挤满了人。我忽然想起了"四川是民族复兴的根据地"这样一句时髦话。倒霉的是"民族复兴根据地"的人民们，我在心里说，你们都走进那狭的笼里去吧。

"我希望我们的家在外面。"我说出声了。

我们终于在船上了，一只又小又脏的船，然而是在上海直航到重庆的船呀，所以也挤满了人。好在先买有一张房舱票，于是看着我的妹妹安顿在一间已经住了三个带孩子的女人的房间里，让她去听那"哇啦哇啦"的上海话，闻那人类特有的臭气，然后到大餐间去。因为茶房说那里有我的铺位。到了那里，从旅客们的口中才知道那名叫Saloon但既不宽大又不清洁的地方已是很多人的夜寝处了，而且要到晚间才用桌椅做床。旅客中一个瘦长的有高颧骨的年青人和我攀谈起来了，用他那带江苏口音的普通话急遽的，不很清晰的说了一会儿，说在这大餐间里总比在甲板上好得多，不怕下雨。望着他说时噜出嘴角的白色口沫，又转眼望着那挤满在甲板上的用木板做床的铺位和人，蹙一蹙眉头便沉默了。

但接着他又把我介绍给他的同伴，一个绅士式的举动文雅而且微微发胖的人。他说话缓慢，又是江北口音，我能完全了解。他们是同学。是两位今年毕业的教育学士，远远的到贵阳民众教育馆去作事。他们问我时，我说出我已离开了一年的学校的名字。

我们谈到四川的交通，谈到江苏的学校情形，但谈到我所从来的北方的现状和学生运动，我感到很难说话，含糊的说了几句便又沉默了。

他们转过身去和别人谈话，我仍坐在餐桌前，但渐渐的人们的谈话声在我耳里消失了意义了，我坠入了沉思。在北方这几年，我把自己关闭在孤独里，于是对于世界上的事都感到淡漠，像屠格涅夫小说里的一位人物，"我除了打喷嚏的时候从来不仰望蓝天"，不过我的"蓝天"应该改为现实生活。我几乎要动手写一部书来证明植物比较人类有更美丽的更自由的生活。然而，依我在另一处的说法是"一片风涛把我送到这荒岛上"，我到一个新的环境里去了，与其说那是一个学校，不如说是一家出名的私人营业的现代化的工厂，因为那里大批的制造着中学毕业生。我每天望着那些远远的从广东来的，从南京来的，从河南来的孩子，感到自己是一个帮助欺骗的从犯。我是十分的热情又十分的冷淡。于是所谓学生运动来了，我们遂成了暧昧的"第三种人"。但果然没有真正的第三种人的存在：当学生罢课后我们仍然随着钟声到教室里去对墙壁谈话，我们是奉命去以愚顽和可怜感动学生；当军警也把我们的寄宿舍围了两天两夜，连一封信都无法送出去的时候，我们又与学生同罪了。现在却有人问我北方的学生运动……

当我正因咀嚼着这些记忆而感到了微微的不愉快，一个壮健的年青人走到我面前来了：

"先生知道由重庆去成都的汽车情形吗？是不是每天都有？"

"不很清楚。我已有好几年没有回家了。"

"我也有好几年没有回家了。"

从语音可以知道他是我的同乡。从他的光头和松黄色的军裤可以知道他是一个军人。后来他自己说他是一个少尉。

不知怎的又谈到了交通。

"现在已算很有进步了，"他说，"已筑成了很多很多的公路，而且重庆到成都的铁路就快要动工了。"

"我觉得还不成，先生。比如这天然的交通道路，这条长江，我们都还没有能好好利用。"

"也很有进步。很有进步。我们知道在川河以国人经营的民生公司的船为最好，在宜河以下，国家经营的招商局的船也整顿得很好了。假如我这次不是急于回到成都，我决不坐这破外国船。"

他说话时那种自信的态度使我想到德国的或苏俄的青年。苏俄的青年在西伯利亚的车厢里劝人学哲学也应该到他们国家里去学，不应该到德国去。而德国的青年则参加政府的焚书运动，高唱着保护德国妇女的歌。我不感到欢喜，也不感到悲哀，只是因为自己的过早衰老，对于这种乐观的态度有一点觉得辽远而已。

"我并不是说我们国家里没有进步。什么方面都已有了显明的进步。只是太慢，太慢。就比如说这长江里的交通吧，至少应该做到每天有国家经营的船往来，和火车一样有一定的班期，一定的时间。"我停顿了一会儿，"我这次在汉口等了四天的船。我仅有一月的时间，准备在来回的路途上费两个礼拜，在家里住两个礼拜，但现在，恐怕只能在家里住十天了。"

"我更只有两个礼拜的假，而且还是从南京到成都。假若不续假，那只有在半途折回了。"

"总可以续假吧?"我没有想到他比我更匆促。

"没有办法便只能续假了。"

他轻轻的叹一口气。我当时很奇怪从一个军人的口中竟发出了这样一声微微带着感伤的叹息。

我们的谈话完了，我转过头去望望那些三个两个亲密的谈着话的人们，他们从不同的地方来，带着不同的口音，在很短促的时间里便成为熟识的朋友了，虽说几天后到了陆地上仍然是漠不相关的路人。

我去看我的妹妹。她这时也只微蹙着眉头，再没有心绪说埋怨的话了。天气十分的热，旅客像货物包裹一样到处堆积着。想起那比较有秩序，比较清洁的三等车厢，简直又要赞颂一番了。但我说着忍耐的话。我说早上一天船便有早到一天的希望，而且今晚船就开了。

我在一篇小故事里曾这样写：

"你以为我在说故事吗？在故事上我们说这太凑巧了。在人事上我们说太不凑巧了。"下面我在轻轻的加上一句，"一秒钟内有多少可能呢？"

我亲爱的朋友们，关于凑巧不凑巧，我们下次再讨论吧，这只又脏又小的船在开船后的第一晚上，在那该死的一秒钟之内，轻轻的驶行到河中的沙堆上去了，搁浅了。早晨我从梦里，或者说从那四把椅子做成的床里醒来，才发见我们的船像一只死了的蚱蜢被小学生用针钉在他的标本箱里。我们在望不见人家的荒僻的长江中游。两岸是青青的高大的芦苇。据说大约在汉口到宜昌的路程的中点。

全船的人都咒骂着"领江"。但茶房们又说他是一位"第一流的老领江"。于是有一个茶房找出他出乱子的原因了。说他在汉口上船之前和他的太太吵了架。

我们为绝望，烦躁，混乱，和太阳苦了整整两天，然后在第三天上凑巧有一只同公司的宜河船开到了，我们和着行李一齐转过那只船去，到了宜昌又换川河船。经过这几次的劳顿后，我们反转对什么都不抱怨了，只是疲乏，疲乏，疲乏得像一床被抛掷又被践踏过许多次的棉被。

然而在最后这只比较宽，比较清洁的川河船上睡了一夜无梦的觉醒来，清晨的江风，两岸的青山，和快到家乡的欢欣，使我们的精神又恢复了。

船驶到了西陵峡。

第一次入川的外省人都惊讶着山岭的险峻。

那位瘦长的江苏人沿途都翻着地图，问着地名，有时还在一册袖珍日记簿上写一点什么，这时凭在栏杆上，不住的叹息着。

"这真是伟大。伟大。"

招惹得我那位同乡，那个少尉先生，微笑了：

"你过一会儿看见了巫峡又将怎样赞美呢?"

"难道还要比这更高更险吗?"

"难道还要我说你听，那真是陡如削壁，山半腰是云雾，云雾上面还是山，我们不伸出头去便望不见天空。"

无尽的山。单调的山。旅客们欣赏的惊讶的眼睛也渐渐的厌倦了。那个微微发胖的江苏人把谈话的题目转到一件事情上，他以为对于四川人那是一个有趣的谈论资料。事情是一个嫁给四川人作太太的女人在成都写了两篇游记，发表在北平的一个刊物上，对四川说了一些坏话，于是首先引起了南京报纸的攻击，后来成都的报纸也响应起来了，害得那位太太又生气又难过，总之从头至尾都是十分无聊的事。然而他却提起了它，意思在听取我和我那位同乡的意见。

"对这件事我没有留意，"我说，"我根本没有见到那什么游记，我平常不看那一类的刊物。至于在南京引起热闹的攻击，我最近倒听见一个人提到过，在我还算是一件新闻。"

"她说四川的鸡蛋没有鸡蛋味，是真的吗？"那个瘦长的教育学士笑着说。

"这点我倒还没有发现，虽说在北方住了五六年，我只记得四川的鸡蛋比北方的大一点。"我也笑了。

"四川，和四川人并不是没有短处，"我那年青的同乡带着坚决的口气说了，"但她一点也没有说着。不必提她那些可笑的话，单分析她那种心理就可以发觉都是十分卑劣。她自以为是一个有地位有声望的女人，现在是到荒僻地方去吃苦，于是对环境有点儿不习惯便大发脾气了。那简直是向社会撒娇，但可惜社会并不是一个女人的丈夫。所以我说，四川的鸡蛋倒有鸡蛋味，四川的水果也有水果味，不过中国这些名人学者都很可怜，就比如她吧，仅仅著过一部鸟儿花儿式的白话高中外国史，而且还把美国整个弄掉了，却到四川大学去作历史系主任。"

"但她著过一篇关于中学生的文章，引起了教育家们的注意，教育部因此通令减少初中的上课钟点。"那个微微发胖的教育学士说。

"所以我说她是向社会撒娇。"

我不能不在这里向我的乡土说一句抱歉的话，对于它我是很淡漠的。或者说几乎忘记了。然而叫我批评我的乡人，我并不是没有话说，我觉得有一个大长处，也有一个大短处。对于阔大的天空和新鲜的气息的向往，奔逐，我们无不勇敢而沉毅。至于短处我可用一件小事来说明。在从前没有法院律师的时候，案件全由县衙门处理，而打官司的仇敌们常住在衙门附近的小店里，彼此都有说有笑，有时还请吃馆子，虽说刚在县官面前，或者明天就在县官面前，彼此很恶毒的很狡诈的想构成对方的死刑罪，善于辞令应酬似乎是四川人的天赋才能。但不幸我生来便缺乏了它，我不是在人面前沉默得那样拙劣，被人误会成冷淡骄傲，便是在生疏的人面前吐露出滔滔的心腹话，被人窃笑。以此对于北方人的那种大陆性的朴质与真诚不能不感到十分可亲，十分依恋了。我并不是说北方人绝对的诚实，比如北平的仆人很少替主人买东西不落钱的（那在我们家乡足以作为辞退的理由），但他们欺骗的技术是那样拙劣，有如杜斯退益夫斯基①的《诚实的贼》一样可爱。不知从什么时候起我对于我的乡人便感到不可亲近，但现在，我面前的这位青年人说话这样爽快，眼睛里发出诚实的光辉，我不能不对他十分信任了。也许在这年青的一代人已没有那样短处了吧。我的乡土啊，我有一点儿渴望看见你了。

船驶到了巫峡。

又有许多欣赏家从舱里跑到甲板上来了。

我第一次经过巫峡是在七八岁时，那便留给我一个荒凉的愁苦的记忆，我很想知道在山的那一面有没有人家，是一个什么所在。后来从学校里得来的地理知识给我解答了。那是一个苦瘠的地方，饥饿的地方，没有见过幸福之

---

① 杜斯退益夫斯基，今通译陀思妥耶夫斯基（1821—1881），俄国作家。代表作有长篇小说《罪与罚》《卡拉马佐夫兄弟》。

光的地方。然而也是有人类居住的地方。所以我这时对于旅行家的欢欣，用很冷酷的，带着讥刺，甚至愤怒的眼光去注视，而且我对自己说，假若把他们丢弃在那被他们赞美不已的山上生活一天，他们一定会诅咒，哭泣，变成聪明一点了。

于是，从这狭隘的峡间的急流，我听见了一支呜咽的歌，不平的歌，生存与死亡的歌，期待着自由与幸福的歌。

这天晚上船停泊在巫山县。

第二天下午四点钟的时候便看见×县下面的塔了，我和妹妹早已收拾好行李，焦急的，不安的，说不清是欢喜还是难受的等待着船停。

我们从北平到×县一共走了十四天。

一九三六年九月二十九日，莱阳

街

我凄凉的回到了我的乡土。

我说凄凉，因为这个小县城对我冷淡得犹如任何一个陌生地方。若不是靠着一位身在北方的朋友的好心，预先写信告诉他家里收留这个无所依归的还乡人，我准得到旅馆里去咀嚼着一夜的茕独。我的家在离城五十六里的乡下。由于山岭的崎岖险阻，那是一小半天的路程。从前到县城里来寄居的地方，一位孤独的老姨母的几间屋子，已卖给某家公司了，现在正拆毁着那些屋顶，那些墙壁，和那些半朽的木门。

什么时候我也能拆毁掉我那些老旧的颓朽的童年记忆呢，即使并不能重新建筑？

我已说不清我第一次从乡下进城是在几岁时候了，那是到亲戚家去，途中经过县城。只有高大的城门给我一个深的印象。此外我倒记得清晰在河中搭白木船的情景，暗色的水慢慢流着，母亲和我坐在轿子里，叫人丢几个清铜钱到河水里去，不知是作为镇压还是别的意思，总之，现在回想起来觉得很忧郁。但这和县城没有关系。

　　我七八岁时，四川东部匪徒很多，或者说成为匪徒的兵很多。在×县这素称富足的一等县里，更骚扰得人民不是躲避在寨子里便逃往他方。我的家在搬到湖北去避难之前曾在县城里住过一些时候。那算是我第一次过县城生活。我们借佃的屋子邻近法国天主教的教堂。但那时没有宏亮的钟声，也没有赞美诗的歌咏声，代替了虔诚的教徒们那里驻扎着一个团部。偶尔我们听见了受刑人的低抑的呻吟声，或者数着银元时的清脆的碰击声，总是吓得静默着，不敢说一句话，不敢沉重的放下脚步。

　　这便是第一次县城生活留给我的记忆。

　　在湖北过了两年流离的日子，由于故乡匪患的稍稍平戢，我们回去了。仍然住在县城里。县城里虽也时常发生抢劫等事，但在乡下凡是仅足温饱的人家便引起匪徒的注意，在县城里则因为户口多，并且真有富裕的人，小康者反可以韬晦起来了。这回不是借佃他人的屋子了，我们住在我祖父和一个商人共有的棕厂里。说是棕厂，实际异于普通住家人户者，不过在放着许多大捆的棕毛包裹而已。而我便和那些愚笨的沉默的棕毛包裹一块儿生活着。一个十岁左右的孩子并不知道没有温暖，没有欢笑的日子是可以致病的，但我那时已似乎感到心灵上的营养不足了。像一根不见阳光的小草，我是那样阴郁，那样萎靡。

所以，在别的孩子们的面前，这个县也许是热闹，阔大，而且快乐的，对于我却显得十分阴暗，十分湫隘，没有声音颜色的荒凉。

当我正神往于那些记忆里的荒凉，黄昏已静静的流泻过来像一条忧郁的河，湮没了这个县城。我踟蹰在一条街上。在我从船上下来，把行李寄放在我那个朋友的家里后，还没有休息到一小时便又走出来了，不是想买东西，也不是想去拜访人，就简单的为着要看一看这个县城，和这些街。我在北方那个大城里，当黄昏，当深夜，往往喜欢独自踟蹰在那些长长的平直的大街上。我觉得它们是大都市的脉搏。我倾听着它们的颤动。我又想象着白昼和夜里走过这些街上的各种不同的人，而且选择出几个特殊的角色来构成一个悲哀的故事，慢慢的我竟很感动于这种虚幻的情节了，我竟觉得自己便是那故事里的一个人物了，于是叹息着世界上为什么充满了不幸和痛苦。于是我的心胸里仿佛充满了对于人类的热爱。

但现在，我踟蹰在我故乡里的一条狭小，多曲折，铺着高低不平的碎石子的街上，仿佛垂头丧气的走进了我的童年。

这是一个真实的故事。

这是一个卑微无足道的故事。

我十五岁时进了县里的初级中学，即是说在四五年乡居生活之后又来到了县城里，那时候人们对于学校教育仍抱有怀疑和轻视的态度，尤其是乡下人，他们总相信这种混乱的没有皇帝的时代不久便要过去，而还深深的留在他们记忆里的科举制度不久便要恢复起来，所以他们固执的关闭他们的子弟在家里读着经史，期待着幻想中的太平，所以从私塾到学校里我并不是一件轻易达到的事。然而由于一位长辈亲戚的援助和我自己的坚决，我终于带着一种模糊的希望，生怯的欢欣，走进了新奇的第一次的社会生活。

学校的地址是从前县考时的考棚。一条又宽又长的石板甬道的两旁，立着有楼的寄宿舍和教室和几株高及瓦檐的孤零的梧桐。这便是我的新世界，照样的阴暗，湫隘，荒凉，在这几及两百人的人群中我感到的仍是寂寞。

一月后一个更使人感到寂寞的事件展开在我这个新来者的面前。

那时学校里已施行新学制了，但学生们的年龄有很大的差异，大概从十四五岁到二十四五岁吧。和我同宿舍的有两三个已是成人的高班次的学生，他们对我倒是亲善的，但终于因为我的幼小，他们似乎有一点忽视我的存在，许多应该秘密事情却并不完全在我面前藏匿。他们在做着一种活动。在和校外的人连络着攻击那时的校长，并且计议在他免职后拥出某一个人来。于是那位常常两手背在后面迈着方步的校长先生终于免职了。不过委派来继任的并不是那拟定的人而是一个第三者。

我们县里除了中学还有一个师范学校。两个学校出来的人们彼此倾轧，争斗，敌视得犹如两个小政党。这位新校长不幸是从那师范出来的，于是以这种借口，秘密攻击前校长的人们和他的真正拥护者一致联合起来挽留他，而且发动了一个可怕的风潮。

已记不清是一天的上午还是下午了。新校长偕着县长一块儿到学校里视事，当他们从那又宽又长的石板甬道上走过，走进了校长室所在的后院，两旁宿舍里暴风雨似的拥出了一群武士，嚷着骂着，又狂奔着，一直奔到后院去闹了许久，最后那位可怜的校长交出了校印，在脸上和嘴

110

唇上带着血痕匆匆的逃出校门了。

我没有去亲自欣赏这幕武剧的顶点。我对于这意外的爆发实在有一点惊惶。我第一次看见人可以变成如此疯狂，如此可怕。

这种可怕的疯狂一直继续到胜利以后。

武士们都大声的嚷着，笑着，追述着刚才的勇敢：他们围着那位该死的校长在那间屋里，而且用哑铃从玻璃窗掷进去。

接着是他遗留下的行李来替他受惩罚了。箱子在人们的手中破碎犹如一颗板栗。打脱了顶的草帽高高的戴在芭蕉叶上。腰斩后的白绸衫悬在树枝头示众。木板的大本《史记》《汉书》变成无数的白蝴蝶，飘飞在庭院里又栖止在草地上。

以十五岁的孩子的心来接受这种事变，我那时虽没有明显的表示愤怒或憎恶，但越是感到人的不可亲近，越是感到自己的孤立。对于成人，我是很早很早便带着一种沉默的淡漠去观察，测验，而感不到可信任了。然而这到底是一叶崭新的功课。

并且这一叶崭新的功课还没有完。

当黑夜开始的时候，学校被几十个枪尖都上好枪刺的兵士包围起来了，搜索的结果，仅有八九个新生还没有逃走，于是被禁锢在一间小屋子里过夜。守卫的兵士带着讥讽的神气吓唬我们，说第二天要带到他们的军长面前去审问，也许还要用鞭子抽打我们。我们到底是几个孩子，在商量好明天的答语后，便拥挤的安静的睡去了。

第二天早晨下着大雨，一个年轻的旅长来训诫了我们一阵，便把我们释放了。我冒着雨跑到我那位老姨母家里去，淋得几乎成了一尾鱼。

这便是第一次学校生活留给我的记忆。

柔和的黑夜已开始在街上移动。朦胧的街灯投下黄色的光轮。我到底上哪儿去？我走过这条狭小，多曲折，铺着高低不平的碎石子的街，又走过一座桥，难道我要去拜访我昔日的学校吗？那早已拆毁了。那些衰老的建筑物早已卖给某家银行。而在别的地址建筑起一个新的学校了。我再也不能看见那几株高及瓦檐的孤零的梧桐。我再也不能走上那些半朽的轧轧作响的木楼梯，穿着家里缝好的总是过于宽大的蓝布衫。现在我的面前又是一条不整洁的街。它是这小县城的贫血的脉管，走过我身边的都是一些垂头丧气，失掉了希望，而又仍得负担着劳苦的人。

这是我的乡土。

这是我的凄凉的乡土。

对于我那些昔日的同学，虽说我刚才回忆起了他们那次粗暴的发泄，我并不责备他们。假若我现在遇见了他们，在这街上，在这夜色中，我决定当作一种意外的快乐向他们伸出我的手去。我要重新去发现他们的美德。即是当时的他们，留在我记忆中的也有一些是诚实的人。并且，我与其责备他们，毋宁责备那些病菌似的寄生在县里的小教育家。那个常常两手背在后面迈着方步的校长先生，听说现在仍保守着县教育家的地位，而他的一个同党，后来也作过我们的校长的，则听说已流落成一个无赖了。假若我现在遇见了他们，在街上，在这夜色中，我是不是也宽容的向他们伸出手去呢？不，对于他们我有一种无法抑制的嫌恶之感。虽说，我也应该补一句，我与其责备他们，毋宁责备社会。

这由人类组成的社会实在是一个阴暗的，污秽的，悲惨的地狱。我几乎要写一本书来证明其他动物都比人类有一种合理的生活。

理想、爱、品德、美、幸福，以及那些可以使我们悲哀时十分温柔，快乐时流出眼泪的东西，都是在书籍中容易找到，而在真实的人间却比任何珍贵的物品，还要稀罕。那些悦耳的名字我在书籍中才第一次遇到。它们于我是那样新鲜，那样陌生，我只敢轻声的说出它们的名字。真实的人间教给我的完全是另外一些东西。当我是一个孩子的时候，我已完全习惯了那些阴暗，冷酷，卑微，我以为那些是人类唯一的粮食，虽然觉得粗粝，苦涩，难于吞咽，我也带着作为一个人所必需有的忍耐和勇敢，吞咽了很久很久。然而后来书籍给我开启了一扇金色的幻想的门，从此我极力忘掉并且忽视这地上的真实。我生活在书上的故事里，我生活在自己的白日梦里，我沉醉，流连于一个不存在的世界。然而既是梦便有一个醒觉时，而我又醒觉得太快。现在叫我相信什么呢？我把我的希望寄放于不可知的人类的未来吗？我能够断言未来的人类必有一种合理的幸福的生活，那时再没有人需要翻开这些可怜的书籍，读着这些无尽的诳语吗？即使必有，于我又有什么关系呢？我必需以爱，以热情，以正直和宽大来酬报这人间的寒冷吗？

对人，爱更是一种学习，一种极艰难的极易失败的学习。

我重复着我自己的语言。

一切语言都不过是空洞的声音。

我又踟蹰在这第二条狭小，多曲折，铺着高低不平的碎石子的街上。夜色和黑暗的思想使我感到自己的迷失。

我现在到底在哪儿？这是我的乡土？这不是我的乡土？我必需找出一个媒介来证明，我和这个县城的关系。我必需找出一个认识的人。一辆洋车走过我的身边。我说出一个我自己不知道它在哪个方向的地名，我坐了上去。

最后到了一座大门前。

这是一个小学，我有一个认识的人在里面。但说不准在这暑假里他已回到乡下去了。

两扇大木门关得十分严密。我起初轻轻的敲着门环。随后用手重拍，随后大声叫喊。然后侧耳倾听：里面是黑夜一样寂静。我想一个学校不会没有门房。我想也许有一个旁门，但问侧边的人家，都说没有。

于是，像击碎我所有的沉重的思想似的，我尽量使力的用拳头捶打着门，并且尽量大声的叫喊起来。

我摸出口袋里的夜明表：八点钟。

十月十五日夜

县城风光

　　濒长江上游的县邑都是依山为城：在山麓像一只巨大的脚伸入长流的江水之间，在那斜度减低的脚背上便置放着一圈石头垒成的城垣，从江中仰望像臂椅。假若我们还没有因饱餍了过去文士们对于山水的歌颂，变成纯粹的风景欣赏家，那么望着这些匍匐在自然巨人的脚背上的小城，我们会起一种愁苦的感觉，感到我们是渺小的生物，还没有能用科学，文明，和人力来征服自然。这些山城多半还保留着古代的简陋。三年前，也是在还乡的路程中，我于落日西斜时走进了那个夔府孤城，唐代苦吟诗人杜甫曾寄寓过两年的地方，那些狭隘的青石街道，那些短墙低檐的人户，和那种荒凉，古旧，使我怀疑走入了中世纪。我无

116

可奈何的买了几把黄杨木梳。那种新月形的木梳是那山城里唯一的名产，也使人怀想到长得垂地的，如云的，古代女子的黑发。

但溯巫峡而上，一直到了我的家乡×县，我们却会叹一口气，感到了一种视线和心境都被拓开了的空旷。两岸的山谦逊的退让出较多的平地。我们对于这种自然的优容，想到很可以用人力来营建来发展成一个大城市。也就是由于这，三十四年前外国人才要求开辟为商埠，而在地图上便有了一个红色的锚形符号，在那些破旧的屋舍间便有了一座宣传欧洲人的王道的教室。

这个县城在江的北岸。夹着一道山溪，我们可以借用两个堂皇的名词来说明，东边是政治区域，西边是商业区域。旧日的城垣仅只包围着东边那部分。江的南岸是一片更平旷的大坝，曾有人预计随着这县城的商业的发达，那里会开辟成一个更繁荣的商场，不过这预言至今尚未应验，隔着浩荡的大江，隔着势欲吞食帆船的白色波涛，我们遥遥望见的仍仅是一片零落的屋舍附寄在那林木葱茏的苍色的山麓下，像一些蚂蚁爬在多毛的熊掌上。那是翠屏山。一个漂亮的名字，列为县志里的十景之一。关于十景，当我在中学里作本县风景记那个课题时倒能逐一举出，现在，恕我淡漠的说，早已忘记了。但从忘记中也有还能忆起的，翠屏山其一。此外在县城西边有一个太白岩，相传李太白曾在那里结庐隐居过，但在那岩半腰上实际只有一些庙宇，僧尼，并无任何证物可以说明它与那位饮酒发狂而且做诗的古人有过关系。当我在中学时，春秋旅行常常随着同学们爬上那羊肠似的几百级的石梯，最后在那香烛氤氲，几乎使人窒息的庙宇中吃着学校发的三四个鸡蛋糕。那时我虽不鄙薄名胜或风景，名胜或风景却也一点不使我感到快乐。岩脚下还有一个流杯池，那倒有碑为证，从那被拓印，被风日侵蚀而显得有一点漫漶的石碑上，我们可以读到一篇黄庭坚手写的题记，说他在什么时候经过这里，当时的郡守陪他游宴是如何尽欢。碑前面是一块大石板，刻着流杯的曲池。后来我在北平南海流水音看见了一个更大的曲池，才想到我家乡的那个胜迹大概是好事者所为，与古碑相映成趣而已。

现在让我又忘掉它们吧。让它们的名字埋在木板县志里再也无人去发掘吧。然而，十景之外，有一个成为人们所不屑称道的地方却是总难忘怀的，它的名字是红砂碛。

顺江水东流而下，在离开了市廛不久但已听不见市声的时候，我们便发现一个长七里半宽三里的碛岸。铺满了各种颜色各种形状的石子。白色的鹅卵。玛瑙红的珠子。翡翠绿的耳坠。以及其他无法比拟刻画的琳琅。这在哪一个孩子的眼中不是一片惊心动魄的宝山呢，哪一个孩子路过这里不曾用他小小的手指拾得了一些真纯的无瑕的欢欣呢。而且他们要带回家去珍藏着，作为梦的遗留，在他们灰色的暗澹的童年里永远发出美丽的光辉，好像是大地给与孩子们唯一的恩物，虽说它们不过是冰冷的沉默的小石子。

因为我的家在江的上游，孩子时候很少有机会经过这个碛岸。就是那仅有的一二次，也由于大人们赶路程的匆促，不愿等待，总是带着怅惘之心离开了那片宝藏，其悲哀酸辛正如一个不幸的君王被强迫的抛弃了他的王国。我常以他日的欢怅安慰自己，我想当我成年时一定要独自跑到那里去尽情的赏玩整整一天，或者两天。

然而我这次回到家乡并未去偿还那幼年的心愿。我不是怕我这带异乡尘土的成人的足会踏碎了那脆薄的梦，我不相信那璀璨庄严的奇境会因时间之流的磨洗而变成了一片荒凉。这回是由于我自己的匆促。匆促，唉！这个不足作为理由的理由使我们错过了，丧失了，或者驱走了多少当前的快乐呢？我们为什么这样急忙的赶着这短短的路程，从灰色的寂寞伸向永远静默的黑暗的路程？

在县城里我只能有一天半的勾留，我在乡下的家更盼切的等待着我。这是久旱的六月天气。一个荒年的预感压在居民们的心上。萧条的市面向我诉说着商业的凋零。

我不能忍耐这一幅愁眉苦脸。对这县城我虽没有预先存着过高的期望，也曾准备刮目相看，因为已别了三年。而且据说它已从军阀手中解脱了出来。然而，容我只谈论一件细微的事情吧。关于我们这民族我常有一些思索许久仍无法解释的疑惑，比如植物中有一种草卉名叫罂粟，当我们在田野间看见那美丽的微笑着的红紫色大花朵将发出怎样的赞叹啊，数十年来我们的国人竟有许多嗜食它的果汁而成了难于禁绝的癖好，而且那种吸食的方法，态度……我除了佩服我们的国人深深了解所谓"酒要一口一口的喝"的"生活的艺术"而外再也无法描绘了。我不说这种癖好在我的家乡是如何风行，总之我当孩子时候常常在一些长辈戚族的家中见到。他们是不问世事的隐逸，在抚摩灯盘上的小摆设时像古董收藏者，在精神充满时又成了清谈家。我的祖父是一个痛恶深绝的反对党。我却在那时候便疑惑为什么他们与那直接损害他们的身体健康的仇敌相处得那样亲善。如今在统一的名义之下，我对自己说，这种蔓延的恶习也许已蠲除殆尽或者至少已倾向衰歇了。然而在街上仍容易见到，并且当我被人低声告诉时，我仿佛窥见了一个看不见的巨大而可怕的蜘蛛网，一种更剧烈的白色结晶性的药粉，竟传到这小城市里而且暗暗流行起来了。据说这种药粉常常被一片小纸包着附贴在女人们系袜带的大腿间以散播到许多家庭里去。但这些蜜蜂的腿是从什么地方攫取它们来的？为什么从前这山之国里没有这种舶来品现在却骤然流行起来？我只能以带有冷漠的疑惑的目光注视着那张贴在许多高墙上的严厉的"禁毒条例"。

此外还有更要使我感到迷惑而难于解释的事，这些诉说着商业的凋零的小市民竟怀念十年前驻扎在这县城里的那个小军阀了。那是一个很有名的小军阀，伴着他的名字有一些荒唐的事实与传说。

他到了这县城不久便把那一圈石头垒成的古城垣拆毁，以从人民的钱袋里搜括来的金钱，以一些天知道从哪儿来的冒牌工程师开始修着马路，那些像毒蟒一样吞噬了穷人们的家的马路。那时候谁也不曾梦想到世界上有公家估价收买的办法，穷人们只有看着他们的窝被辗车踏过去，怨着命苦，而有钱的人们却以贿赂使工程师的图纸上的路线拐一个弯，或者稍微斜一下，或者另觅一条新途径，保全他们的家宅和祖坟。所以我们现在走着的是忽高忽低，忽左忽右的马路。若是坐在人力车上，我们便像一块巨大的石块，上坡时车夫弓着背慢慢的拉，下坡时他们的脚又像中了魔法一样不能停留。

不过我记得那时富人们也一样蹙着眉头唉声叹气，因为他们虽然可以尽量享用施行贿赂的特权，贿赂要钱，完纳马路捐也要钱。那时的马路捐是一种很重很重的征敛。假若不是那样重，恐怕在层层分肥之后不能剩余一点钱来使马路向前伸展一尺。

我提起这件事并不是责备那位现在已流落到川省偏僻处的军阀，我倒是想说明他在当时的军人中还算一个维新党。他不仅到了什么地方就拆城墙修马路，而且还礼贤下士。凡是从省外回来的大学生，不管是不是真上过大学，只要穿着一身西服去见他，他便给一个秘书官衔。他先后的姨太太在十人以上，而秘书则恐怕在百人以上。除了另有要职的秘书，大概都无薪俸，只是可以随便叫勤务兵用风雨灯到军部去满满的盛一灯煤油。

他建筑了一个公园一个图书馆来装饰这小县城。那图书馆骄傲的踞蹲在一个很高很高的地方，常时要爬上数十级的使人流汗的石梯，因此冷清得像一座古庙。

他是一个野心家。他设立一个政治训练学校，想把他统治的区域"系统化"起来，就是说一切行政人员都用受过他训练的人。他对那些未来的县长，教育局长，或团练局长常常举行"精神谈话"。他说他第一步要统一四川，然后顺长江而下，然后将势力向江的南北一分，统一中国。

这大概是他礼贤下士的原因。他喜欢人家穿西服，也就是提倡精神振作的意思。为着使这县城里的各色人等短装起来，他曾施行过一种剪刀政策：叫警察们拿着剪刀站在十字街头，遇见着长衫的便上前捉住，剪下那随风飘扬的衣的前后幅。不知为什么这新政策难于彻底实行。总之昙花一现后便停止了。

然后，已很够了，这些已很够使当时的小市民们蹙着眉头唉声叹气了。自我有知以来，我家乡的人们，在我记忆中都带着愁苦的脸，悲伤的叹息，不过那两三年是他们负担捐税最重的时候，而且他们还有着一种心理上的负担，对于那修马路一类新设施的顽固的仇视。

现在为什么他们还对那时候怀念，带着善意的怀念？

是的，那时候这小城市里商业比较繁荣一点。

我不能不用我自己的解释了……人是可怜的动物，善忘的动物。当我们不满意"现在"时往往怀想着"过去"，仿佛我们也曾有过一段好日子，虽说实际同样坏，或者更坏。我们便这样的活下去。而这便是人的历史。

现在让我们在这忽高忽低，忽左忽右的马路上再走一会儿吧，让我们再赏玩一会儿这人间风景。颓旧的墙粉剥落的屋舍间有新筑成的高楼；生意萧条的商店里陈列着从上海来的时货；十几年前在街头流浪的孩子们现在已成了商人或手工人，但他们的孩子又流浪在街头，照样的营养不足，照样的脏。为着忍受"现在"这一份苦痛，我们是得把"过去"的苦痛忘记。好在我们能够忘记。

我记忆里的那一段亲自经历也就有点儿模糊了。

让我以这回忆来结束我们对这县城的巡礼。

那是一个天气很好的九月的下午，当我享受完了一个礼拜日的悠闲回到学校里去，刚刚踏上了校门外的台阶，便听见一阵连续的机关枪声在河中响起来了。学校的校址临近河岸。最近的交涉冲突我们也稍微知道一点。当我走进饭厅，晚餐已一桌一桌的摆好，突然震撼墙壁屋瓦的炮声怒吼起来了，我们都仓皇的从后门跑出去。在一个低洼的岩脚下我们躲避着。天空蓝得那样安静，但不断的霹雳从山谷反响到山谷。我们看着兵士搬运生锈的大炮到河岸去，一会儿又看着他们搬运受伤的回来。我记不清一直蹲到什么时候我们才回到学校去。但炮声停止后这县城还是在继续着燃烧，巨大的红色火焰在威胁着无言的天空。我们的学校却仅仅毁坏了几个墙壁。那可怕的硫磺弹打在墙壁的石基上没有能够延烧到校内的楼房。

第二天我和同学们出去看了一条街的灰烬。

然而我们又看着一些新的建筑物在那灰烬里苗长起来，渐渐的谁也忘记了那一场巨毁，正如忘记一次偶然的火灾一样。由于消防设备不善，这县城里常有一些大小的火灾发生，依据商人们的说法，这县城是越烧越繁荣。至于那次死亡的人民呢，那更比不上被焚毁的屋舍引人注意了。人这种动物实在是太多太多，天然的夭折与人为的杀戮同样永远继续着，永远不足惊奇。

这县城便是那有名的《怒吼吧，中国》的取景地，现在静静的立在特里查可夫所谓中国的伏尔加河的北岸。

十一月一日夜

乡 下

现在我安适的坐在家里了。我坐在庭前的藤椅上，对着天井里一片青青的兰叶，想起了我对于这个古宅的最初的记忆。那时我不过四五岁吧，也是坐在这庭前，两个短手膀放在小木圈椅的两臂上，只是浮动在眼前的是菊花的黄色。这古宅已有了百岁以上的年龄了，在静静的倾向颓圮，但如这乡下的许多风习法则一样，已开始动摇了，还要坚强的站立很多年。大概是我的祖父的祖父从一个亲戚家把这坐宅买来的吧，在当时这也要算比较奢侈的建筑物了，地上嵌着砖的图案，有十个以上的天井。然而现在只觉有一种阴冷，落寞，衰微的空气而已。

那些臃肿的木楼梯可以通到那有蛛网的废楼，我幼时是不敢独自去攀登的，因为传说在夜里有人听见过妇女的弓鞋在那楼梯上踏出孤寂的声响。

现在我感到这坐宅实在建筑得很古拙，占据着很大的面积，却没有多少舒服爽朗的房间。我最不满意的是那些小得可怜的窗子。当我坐在一间充满了阴影的屋子里，看不见阳光和天空，我便主张把那窗子开大一点了。但我的弟弟告诉我，祖父说那个方向今年是不能动工的，因为不吉祥。我的祖父是博学多能的，在乡间他以精于堪舆和医治眼疾著名。他总诊断我这遗传性的近视为瞳仁放大，给我开着药方，我曾喝过多少次苦的药汁啊。

但这倒是一个好譬喻：修改一个窗子也有着困难。

这阴暗低湿的古宅是适宜于疾病的生长的，我这次回来正逢着疟疾的流行。关于疟疾的来源乡间有两种说法，普通是由于饮食，尤其是吃多了鲜水果，而特别厉害的则由于邪鬼。我那刚读满初中二年级的弟弟便为这流行病苦了许久，听说曾吃了一些古怪的药方，请了一次巫婆，并且还向人借来一只据说可以压邪的殉过葬的玉镯在手腕上戴了几天，但都无灵验，结果还是几粒金鸡腊霜一类的疟疾丸治好了。我很想嘲笑的问他学的生理卫生放到哪儿去了，不过我又想，他虽然知道疟疾的成因，但并不是医生，而且一个人在病中是愿意以任何方法达到痊愈的。

至于预防也是很难的。每到黄昏，盛大的蚊子合唱队便在这古宅里游行起来了。我还记得当孩子时候我是多么喜欢用小手掌去打死那栖止在壁上的蚊子啊，而晚上在帐子里，用那两面是玻璃一面是圆门的灯去捕获并烧死它们更使我感到快乐。谁知道在这些要吸我们的血而又哼着难听的歌曲的虫子中，更混杂着它们的更恶劣的族类，那翅上绘着褐色斑纹而且常常骄傲的翘起后脚的，图谋在我们的血液里投下一些疟疾细菌呢。

随着疾病流行在乡间的是中医。这不仅由于人们对中医的信仰，而且是一种事实上的必有的现象。当科学的医药设施还不能普及到乡村时，患病的人除了乞灵于古老的医术而外，是别无办法的。就是在县城里，也难于找出一个真正受过专门训练的医生，而那些冒牌的医院同样误人。

乡下的人们自然是顽固守旧的，但从时间上看，也可以说他们对于新的东西的侵入是慢慢的让步。十几年以前，私塾在乡间还十分流行。因为他们相信县城里的学校不过是乱世的教育制度，那已经倒下的还要重新站起来。他们关闭男孩子在家读经书正如继续替女孩子缠足一样，为的恐怕昔日的一切忽然恢复，大胆的放了足的人要受讥刺和苦痛。那时竟有好事者从川省银币的背面上的图案推出一个谶言来了，他是多么细心的数过那些围绕着一个篆文"汉"字的小圆圈呵，说民国只有十八年的寿命。在那些到县城里去进了学校的乡下孩子中，有一二个染上了城市里的不良嗜好便夸大的在乡间传说起来了，若是赌钱便说一夜之间输去了家里财产的一半，作为阻止孩子们进学校的借口。然而现在，民国十八年已过去了很久了，那时相信着谈论着那谶言的人们早早已忘记它了，那时反对着学校教育的人们也让孩子们进学校了。乡村小学已代替了私塾。女孩子们也进学校了，虽说老人们还是怀疑着：女孩子进学校做什么呢。但并不坚决的反对了，因为大家都这样。他们所预期的永远不来，而难于理解的风习和事实却继续的在乡间展开，他们不能不对这个时代这个世界感到十分迷惑了。但我们能笑他们吗，从来没有人仔细的系统的向他们讲解过这些事情，他们的知识限于过去的经验。

在这里我们可以见到每个问题的复杂性了。即使小学教育已普及到乡村，小孩子们都进了学校，他们在家里想饭后吃水果还是要被阻止的，想在阴暗的屋子里修改一个窗子还是要遇到困难。

而且，即使乡村的成人们也都有一点科学常识了，他们或他们的孩子害病时候仍是只有相信着中医，喝着那些发霉的草木根叶的苦汁的，假若那时还是仅在几个大都市里有着几个外国人主持的医院。

这乡下的人们便生活在迷信和谣言中。

迷信在人类社会里恐怕很难绝迹吧，我们许多行动，许多遵守的风习法则何尝都有着最后的合理的解释呢，但我们毫不怀疑的生活着，服从着，甚至发见了一个反抗者大家都向他投掷石头。

至于谣言在都市里是生长得更多而且传播得更快的，不过我们总只觉得乡下的谣言可笑而已。

一天在晚餐的桌上，祖父提到听说县城里在制造着很多的斗和秤，接着愤怒的而又神秘的吐出一句：

"谁知道要发生些什么事情。"

父亲是照例的叹一口气作为答应。我抬起眼睛望一下坐在对面的弟弟，觉得我不能不替那些无辜的斗秤解释几句了。

"大概是政府要统一全国的衡量制度吧：我们这里用的斗秤和规定的很不相同。"

但祖父的神气并不以我这解答为然，我只有停止了，一面吃着饭，一面思索着他对这件事感到愤怒和神秘的缘故。所谓法币政策在这乡间是为一般人所不满意的，他们只看见事实，白亮的银币没有了，只剩下一些难看的纸币。

现在遗产税所得税这些名词又在他们心中作祟了。也许祖父猜想那新制的斗秤与征税有关系吧，也许他以为政府怕人民不诚实的报出每年所收稻谷的多寡，要用斗来量了再征税吧，但秤又有什么关系呢！

一个简单的消息经过几个人的转述便会变成十分古怪的，同时又有人故意的制造着谣言。在县城里我已隐约的听到一种不安的揣测了，到了乡间则更公开的成为人们的政治闲谈，主要意思是说省内旧日的军人要联合起来排斥外来的势力。

一天我又听到一个还算比较有智识的农人的谈论了，他相信不久外省的军队便会排斥出去，并说某一个失意的军人已回省来了。我只能以事实的真相来打听他的高兴。我说：

"那是不能成功的。"

"全省的军队联合起来总打得过。向来外省的军队在川省是驻扎不久的。"

"现在和从前不同；他们既然进来了便不会出去的。"

我除了用这极简单的话说明而外，还能向他说什么呢，我能告诉他我们所居住的省份现在已很荣幸的成了"民族复兴根据地"吗？我能清楚的向他解释这种狭隘的省界观念是应该以国家观念来代替，而对于外省的军队不应该歧视吗？民族，国家，这些名词在乡下的人们听来是没有什么了不得的意义的。他们无法想象四川有多少×县大，中国又有多少四川大，更无法了解它们间的关系，所以外省人和外国人在他们心中都不过是从远处来的人而已。

我不能不思索他们歧视外来势力的根本原因了。也许由于许多新设施吧，官府办理任何新设施时向来是不要求人民的了解的，即是说不向人民解释便强制执行的。所以甚至于有利人民的设施也被他们仇视，误解，比如测量土地便以为要没收遗产了，调查户口便以为抽壮丁去当兵了。

又比如最近实行的保甲训练也为农民所不欢迎。听说起初每早晨都要去操练，后来因影响到田间工作又改为七天一次了，但去一次便是大半天。当他们劳苦终年还不能得着温饱时，如何能对军事知识发生兴趣呢，那些"立正"、"稍息"的训练并不能使他们的田里多产出一升稻米，徒然占去了他们的工作时间。

农民的生活是很苦的。

在这乡下，与北方的情形不同，自耕农是很少很少的。以农业为生的人多半是佃农。当他愿意耕耘某田主的土地时便写一纸契约为凭，并拿出若干现钱作"押头"，于是便带着他一家人到附属于那份土地的茅舍中去居住了。假若那份土地大，便自己雇长工，假若仅几亩田便只靠全家人操作，夙兴夜寐，春耕夏耘，到了秋收时候，按照契约上规定的数目缴纳稻谷于田主，以其剩余为全家的衣食。据说古昔的风俗是田主与佃农平分地之所出，但现在即是在丰年，至多可以剩余三分之一而已。逢着荒年，则请田主到田亩间去巡视，按照灾情的轻重减少租谷。

大一点的佃农的生活或许尚觉宽裕。那些耕耘着几亩地的，感谢土地能产出许多种粮食，往往在米饭里夹杂着菜蔬，番薯，豆类，才得一饱。

在这群山起伏之间，高高下下都是水田，以稻米为主要的产物。较平坦地方的田亩是较肥沃的，山坡上的则又硗瘠又最怕干旱，六七月间连着几天不下雨便使它的耕种者蹙眉叹气。辛勤的农人们便在这较肥沃的或较硗瘠的土地里像蚂蚁一样工作着，生活着，并繁殖着子孙。一个农人的孩子将永远是农人，除了他改换他的职业，而幸运又帮助他。

至于田主呢，重大的工作便是收着租谷，完纳粮税而已。"该撒①的物当归给该撒"，田主们又以纳税的剩余生活着。他们一生的目的仅在积多一点钱，添置一些田地，作

---

① 该撒，即恺撒（前100年—前44年），罗马帝国的奠基者。

为遗产传给子孙。

大的田主在这县里是很少很少的。中等人家若多几个孩子，分居之后便沦落成农民一样贫穷了，而这些在优闲舒服的环境中长起来的人又多不能如农民一样辛勤，最后便只有出售那几亩祖业了。

农民和田主阶级的人从体格上便分辨得出，田主们不是肺病患者似的瘦弱，便白胖得如禁闭了几年的囚人，而那些壮年的农人都是多么强健啊，站在田野间就仿佛是一些出自名手的雕像。但那些弓一样张着的有力的胳臂将为土地的吝啬而松弛，而萎缩；那些黄铜的肩背将为过重的岁月与不幸的负载而变成伛偻；最后那些诚实的坚忍的头将枕着永远的休息，宁静，黑暗而睡在坟墓里。

一天下午，烈火似的夏日的太阳已向西斜坠，我和弟弟和妹妹们从这坐宅里动身走向那一里外的"我们的城堡"，那曾关闭过我们的童年的高踞在山上的寨子。道路上铺着的是炎热，没有一丝微风。我们走到一个古寺侧的石桥上，从那竹林的荫影和那静止的绿水也得不着一点凉意。在平坦的地方的田亩里，由于淤泥的深厚或得塘堰里的积水的救助，那些高高的稻茎还是带着丰满的谷粒站立着，等待黄金色的成熟。但山坡上的田亩里的稻茎都已垂倒了头儿，那些未长成的谷粒已变成了白色的空谷。有些禾穗甚至枯焦得像被火烧过一样。

已经有很久没有下雨了。今年这山之国里又遇着了旱灾。当农业上还是继续用着古老的稼穑方法时，天然的灾害是无法避免的。在这乡下，人们都同时以两种迷信的举动期望着雨的降落：一方面市集上禁止屠宰，想以不杀生去感动或者讨好上天；一方面举行着驱逐旱魃的游行示威。人们都相信有一种满身长着白毛，栖息在山林间，能阻止着雨的降落的旱魃。读过书的人说书上有，农人们则传说有人在树枝上看见过，总之无人怀疑它的存在。于是大家携着打鸟的土枪，结队成群的穿过那些茂盛的山林，吆喝着，鸣着枪，去驱逐那幻想的东西，便算尽了人力了。然而还是不下雨。

塘堰都放干了；溪里露着发渴的白石。

当我们快走到寨子的脚下时，看见田亩里已有几个农夫农妇在割着早熟的稻禾了。穗上的谷粒已白了一半多，他们仍得默默的弯着腰，流着汗，用手与镰刀去收获那些他们用辛苦培养起来结果却是欺骗的稻禾。我们和他们交换了几句简单的话。当我默默的爬着那座小山的时候，清晰的想起了《创世纪》上耶和华临着驱逐亚当出乐园的时候给他的诅咒：

你必终身劳苦才能从地里得吃的。地必给你长出荆棘和蒺藜来，你也要吃田间的菜蔬。你必汗流满面才得糊口，直到你归了土，因为你本是从土而出。你本是尘土，仍要归于尘土。

这几句话是如何简单有力的描写出人的一生啊。然而我们应该把这诅咒掷回去，掷向那该死的人工捏造的耶和华，掷向一切教我们含辛茹苦，忍受终身，至死不发出怨言的宗教。如果人类想在地上有一座乐园，必定得用自己的手来建造。如果人类曾经失去了一座乐园，必定是用自己的手捣毁的。

然而我在我自己的思想里迟疑：如果有一座建筑在死尸上的乐园我是不是愿意进去？带血的手所建筑起来的是不是乐园？而不带血的手又能否建筑成任何一个东西？

黄昏来了，我觉得地球上没有一点声音。

十一月二十五日

136

我们的城堡

站在我们坐宅的门外便可以望见一个突起在丛林间的石筑城堡。它本来蹲踞在一座小山上，或者说一片大的岩石上，但远远看去，竟像是那蓊郁的林木的苍翠把它高高举到天空中了。

像一个方形的灰白色的楼阁矗立在天空中。但这是它的侧面。它的身体实际是狭小而长的；在它下面几百步之外，在那岩边，一条石板路可以通到县城；曾经有多少人从那路上走过啊，而那些过路人抬头看见这城堡往往喜欢把它比作一只汽船，但比他们见过的那些能驶行到川河里的汽船，这城堡是稍长稍大的，在它里面可以住着六家人户。

它是由我们祖父一辈很亲的六房人合力建筑的。在二十年以前我们家乡开始遭受着匪徒的骚扰，避难者便上洞上寨，所谓洞是借着岩半腰的自然的空穴，筑一道城墙以防御，虽据有天险但很怕长期的围攻，因为粮食与水的来源既完全断绝，而当残酷的敌人应用熏老鼠的方法时又是很难忍受的。寨则大小总是一座城了。但那些大寨子里居住着数十人家，不仅很难齐心合力，而且甚至有了匪徒来攻有作内应者的事了。所以我们很亲的六房人便筑了这样一个小城堡。

这城堡实在是很狭小的，每家不过有着四间屋子，后面临岩，前面便对着城墙。屋子与城墙之间的几步宽的过道是这城堡中的唯一的街。

我曾先后在它里面关闭了五六年。

冰冷的石头；小的窗户；寂寞的悠长的岁月。

但我是多么清楚的记得那些岁月，那些琐碎不足道的故事，那我曾在它上面跑过无数次的城墙，那水池，和那包着厚铁皮的寨门。我还能一字不错的背诵出那刻在门内一边石壁上的铭记的开头两三行：

蒲池冈陵惟兹山最险，由山麓以至绝顶，临下而俯视，绝壑万仞，渺莫测其所穷……

在后面"撰并书"之上刻着我一位叔父的名字，最后一行是记载着时间，民国六年某月某日。我那位叔父在家族间是以善写字和读书读到文理通顺著称的，从前祖父每次提到他便慨叹着科举的废止。然而我那些差不多都是清谈家兼批评家的舅舅却喜欢当着我的面谈论他，讥笑他，挑他的错，成为一种乐事。现在我要说明的是寨子后面虽临着绝岩不过四五丈高，前面不过斜斜的数十级石梯伸到寨门，"绝壑万仞"一类的话实在有点儿夸大。

人的记忆是古怪的。它像一个疏疏的网，有时网着的又不过是一些水珠。我再也想不起移居到这新落成的城堡的第一天是在什么季节，并给我一些什么印象了，关于这城堡我最早的记忆是石匠们的凿子声，工人们的打号声，和高高的用树木扎成的楼架。

这时正修着寨门侧的爬壁碉楼和寨尾的水池。匪徒们围攻寨子时总是不顾危险的奔到门前，用煤油燃烧，虽包了铁皮的门也有被毁的可能的，所以在门的侧边不能不补修一个碉楼以资防卫了。至于水池，和储藏食粮的木仓一样，更是必需的设备，而寨尾的一片空地又恰好凿成一个大的方池。

石匠们用凿子把那些顽强的岩石打成整齐的长石条，

工人们便大声的打着号子，流着汗，抬着它们到那摇摇的楼架上去，数丈高的碉楼便渐渐的完成了。

可赞叹的人力在一个六七岁的孩子的眼中第一次显示了它的奇迹。

石匠们去了又来了铁匠。那风箱是怎样呼呼的响而熔炉里又发出怎样高的火光啊，黑色的坚硬的铁投进炉火后用长脚的钳子夹出来便变为红色而柔软了，在砧、锤和人的手臂合奏的歌声中它们有了新的生命，成了梭标头上的刀刺或者土炮、土枪。

那个脸上手掌上都带着煤污的铁匠在我记忆里是一个和气的人。他在一条大路的旁边开着小铁铺，平常制造着的铁器，是锄头、镰刀、火钳、锁和钥匙。虽然有人说他也给小偷们制造一种特为穿墙挖壁的短刀，但那一定是很稀少的，正如替我们城堡里制造杀人的利器一样。

把刀刺装在长木柄上，类乎古代的长矛的武器，我们称为梭镖。夜里在城墙上巡守的人便执着它，防备匪徒们偷偷搭着轻便的巨竹制成的长梯爬进城来。女墙上都堆满了石头，也是一种临时应用的武器。至于那些放在墙跟脚，凿有小而深的圆穴，准备用时装上火药、引线，然后点着投下去的石头则有点儿像炸弹了，虽说我这比拟不啻嘲笑它们的简陋。假若那些原始的武器知道世界上有许多比它们强万倍的同类，一定会十分羞惭的。

后来一种土制的新式兵器来到这城堡里了，我们称为"毛瑟"，大概是模仿着那个名叫毛瑟的德国人发明的步枪而制造的，不过十分粗劣。但在那时已是不易多得的了，每家仅有一枝。

本来寨上是限制着不住外人的，但有一房的亲戚要来寄居，既是亲戚当然便算例外了。他一家人住在岩尾的那个碉楼里。他有着一枝真正的洋枪，我们称它为"九子"，因为可以同时装上九颗子弹，那位微微发胖的老先生宝爱着它犹如生命。他在家里时曾被匪徒围攻过，靠着他的奋勇和这个铁的助手竟把匪徒杀退了，随后恐怕再度的被围攻，所以到我们寨上来寄居。

日子缓缓的过去，别处的洞或寨里被攻破的消息继续的传来。我们不能不有一种经常的警备了。于是每天晚上每家出两个守寨人，分两班守夜，而统领的责任则由六家轮流负担，于是每天晚上，那时节已是寒冷天气吧，城门楼上燃烧着熊熊的火，守寨的大人们和喜欢热闹的孩子们都围火坐着，谈笑或者说故事，对于虚拟中的匪徒的来袭没有一点恐惧，燃烧着的是枝干已被斫伐去，从地下掘出来的盘曲如蛰龙的树根，而那火光也就那样郁结。孩子们总要到吃了夜半的点心，守寨人换班后才回去睡觉。

那火光仿佛是我们那些寂寞的岁月中的唯一的温暖，唯一的快乐，照亮了那些黑暗的荒凉的夜，使我现在还能从记忆里去烘烤我这寒冷的手。

那时寨上已有着两家私塾，但我都未附入读书。我家里另为我聘请一位老先生，他就是我的发蒙师，由于他的老迈也由于我的幼小，似乎功课并不认真，我常有时间去观光那两个学堂。有一位先生是很厉害的，绰号"打铁"，我常听见他统治的那间屋子里的夏楚①声，夹着号哭的读书声，或者发见我那些顽皮的隔房叔父，兄弟，手里捧着污旧的书本，跪在那挨近厕所的门外。

这些景象是不愉快的，远不如晚上在城门楼上守夜有趣。而在这样的昼与夜的交替之中，时间已逝去了不少，我们已在寨上住了一年多了。还是没有匪徒来侵犯。一天晚上，在我们寨的下面几百步之外的岩边，在那可以通到县城去的石板路上，有一些可疑的人走着了，但是我们发出警问之前，他们便大声的打着招呼，说他们借路过。很显然的他们是匪徒，不过既不侵犯我们，大家主张不加阻碍的让他们走过。第二天听说某家被绑架了。

又过去了不少日子。一天上午，那岩边的大路上又有

---

① 夏楚，古代学校两种体罚越礼犯规者的用具。后泛指体罚学童的工具。

一群可疑的人缓缓的走过来，像赶了市集回来的人们。我们站在城墙上，指点着那些横在他们肩头的东西，想辨别到底是农人们挑米挑柴的扁担还是枪枝，突然可怕的枪声响了，他们大声的疯狂的喊叫着，奔到寨脚下来了。尖锐的枪弹声从屋顶飞过，檐瓦跟着坠落下来。那不过二十几个人的虚张声势的喊叫竟似乎撼摇动了这座石城。守寨人是忙乱的还击着，但城墙很高，又在一座小山上，枪声与喊叫并不是两只翅膀可以抬着他们飞上来的，所以在最初一阵疯狂之后他们的声势便渐渐低落了。

在这时候发生了一幕插戏。匪徒们似乎感到攻破这个寨子的希望已经消失，于是泄气的喊着他们的目的是来复仇，喊着我们那位寄居的亲戚的名字，喊着交出他去。那位微微发胖的老先生听见后十分愤怒了，背上他的枪，要大家开了城门，让他一个人出去拚命。费了许多拦阻，劝解，他才平息了气。

大人们为着孩子们欢喜大胆的乱跑，于是把我们都关闭在寨后一个爬壁碉楼里，由私塾的先生看管。而我就再也不能用眼睛窥伺这战争的开展了。

枪声是时而衰歇，时而兴奋的响着，到了天黑时才完全停止了。但匪徒们仍围在寨脚下，附近的几家农人的草屋便作了营幕，寨上的人们更防守得严密，恐怕晚上的偷袭。

这一整天战争的结果是一个可怜的石匠受了伤。当他走在城墙上时，一粒枪弹从那开在女墙上的炮眼里飞进去，中在他的一只腿上。他受伤后还跛着从城墙上走下来。

第二天匪徒们派本地的无赖到寨门前来议和，以付与若干钱为解围的条件。最奇怪的是竟磋商定了一个数目。寨上的人们不愿再有可怕的战争，只得承认一个数目，但又怕全数付与后他们食言（匪徒们是并不尊重这类条约或者协定的），所以拖延的付与他们一部分，等待着县城里的援救。那时县城里已有了一个团练局，援救被匪徒围困的寨子是他们的责任。

和议成功以后虽说寨上的人仍日夜提心吊胆的防守着，但总听不见刺耳的枪声了。匪徒们常常仰起头和守寨人亲善的交谈着。一天晚上，寨里因偶然的不慎，一枝枪走火了，响了一下，匪徒们竟大声的提出质问或者抗议。守寨人的答复是顽皮的孩子放了一个大爆竹。

那偶然的不慎的从枪筒里飞出来的子弹又落在另一个石匠的腿上了。我似乎还听见了他那一声哀号。

一直被围困到第五天，我们盼望的救援才到来了，匪徒们并没有怎样抵抗便开始逃走，一路放火烧了几处房子，那红色的火光仿佛欢送着他们的归去。

解围后我便随着全家的人出走了，奔到外祖母家里去住了一夜。那夜我做了一个可笑的梦，梦见匪徒们打开了门进来，举手枪瞄准，我顺手抓起一个脸盆来遮蔽，枪弹在它底上发出当的一声。我还很清晰的记得这个梦。在围城中我并没有感到恐惧，从围城逃出来后反有点儿忐忑不安了，尤其是当夜里听见了或远或近的狗吠。

从此我与这城堡分别了三四年。

从此过着流亡的日子，过早的支取了一份人生经验，孤苦，饥寒，忧郁，与人世的白眼。我不想一一的说出那些寄居过的地方，那些陋巷，总之那种不适宜于生长的环境使我变成怯懦而又执拗，无能而又自负，没有信任也没有感谢的漠视着这个充满了人类的世界了。

回到了乡土后我又在外祖母家里寄居了很久。那缺乏人声与温暖的宽大的古宅使那些日子显得十分悠长，悠长。

我已十二岁了，大概这时家里的人以为我已年龄不小，应该好好开始读书了吧，于是我又回到那久别的城堡里。在那后面的爬壁碉楼里我过了三年家塾生活。第一年书籍并没有和我发生友谊，不知是它们不愿意亲近我这个野孩子还是我不愿意亲近它们。但第二年我突然征服了这些脾气古怪，难于记认，更难于使用的方块字，能自己读书，并渐渐的能作不短的文章了。大人们都归功那位懒惰的先生。但这里面的秘密我自己是知道得清楚的。教会我读书的不是那位先生，而是那些绣像绘图的白话旧小说以至于文言的《聊斋志异》。使我作文进步的也不是他的删改，指导，而是那些行间的密圈与文后赞许的批语。

然而我的快乐并不在于作出一篇得密圈和好批语的文章，那不过是功课而已。我最大的享受与娱乐是以做完正课后的光阴去自由的翻阅家中旧书箱里的藏书，从它们我走入了古代，走入了一些想象里的国土。我几乎忘记了我像一根小草寄生在干渴的岩石上，我不满意的仅仅是家里藏书太少。

这时乡下已比较安靖了，人们像初春的蛰虫一样陆续从洞或寨搬回宽大的坐宅里去了，这城堡里只剩下两家长期居住，我家和那位作石壁上的铭记的叔父家。我家由于大人们过分的谨慎小心，而那叔父家则在分家之后尚未建造坐宅。

于是这城堡像一个隔绝人世的荒岛。

我终日听见的是窗外单调的松涛声，望见的是重叠的由近而远到天际的山岭。我无从想象那山外又白云外是一些什么地方，我的梦也是那样模糊，那样狭小。

但在我的十五岁时我终于像安徒生童话里的那只丑小

鸭离开那局促阴暗的乡土飞到外面来了，虽说外面不过是广大的沙漠，我并没有找到一片澄清的绿水可以照见我是一只天鹅。

现在我回到了乡土，我的家早已搬回坐宅，那位叔父也建造好了一所新房，那城堡里只留下一个守门人陪伴着它的荒凉了。

一天下午我带着探访古迹的情怀重去登临一次，我竟无力仔细寻视那些满是尘土的屋子，打开那些堆在楼板上的书箱，或者走到那爬壁碉楼里去坐在那黑漆的长书案前，听着窗外的松涛，思索一会儿我那些昔日。

那些寂寞，悠长，有着苍白色的平静的昔日。

我已永远丧失了它们，但那倒似乎是一片静止的水，可以照见我憔悴的颜色。

私塾师

　　见着五六岁的孩子，大人们总喜欢逗他一句，问他哪天"穿鼻"。这是把他比作小牛儿，穿他的鼻是送他上学。但说话的人常故意照着字面解释，仿佛私塾里的先生真有那么一根绳子，可以穿过顽皮的孩子的鼻孔，系在书桌的腿上，像牧人把牵牛的绳子系在树桩上。

　　这自然只能用来逗那些还没有上学的孩子。上过学的孩子都知道第一次进私塾的典礼不过择一个吉日，由大人带着他和香烛和贽见礼到学堂里去，向那贴在墙上的红纸写的"至圣先师香位"，也向那先生，磕两个头。香烛是敬神之物；贽见礼是钱，敬先生的；至于学堂，虽然叫起来很响亮，不过一间大屋而已。这样就开始读书了，没有礼拜日，也没有国庆和国耻等假日。在我们乡下这叫做"发蒙"。

除了一些单调的不合理的功课，私塾里还施行着礼罚。它的名目很多，最普通的是罚跪、打手心、打屁股、敲脑袋、揪耳朵。最普通的工具是先生的手和竹板子。中国大概是一个尚刑之国，从衙门到土匪到旧日的家庭和私塾都很讲究用刑。当小孩的常会听见一句大人们的口头语，"黄荆棍子出好人。"我曾听过这样一个故事：某一位老先生有一个很愚蠢的儿子，他亲自教他读书。有一天他气极了，用棍子在屋里追着打他；当那可怜的孩子想从门里逃出去时，他用棍子横着拦阻，而那孩子竟突然弯腰从棍子下面逃出去了；于是那位老先生十分惊异，欢喜，认为他那个儿子并不愚蠢，以后更勤苦的教他，结果那孩子也考取了和他一样的功名。也许我们觉得那位老先生很可笑吧，然而在旧日的家庭里，体罚就是一种教育。至于私塾先生，有许多是以严酷出名的，几乎越会打学生便越有人聘请。把一个孩子放在那种环境里，真是穿了他精神上的鼻子了。

但我在私塾里却没有挨过一次打，我从过的几位先生不是很老迈就是很善良。

我的发蒙先生是一个老得不喜欢走动说话的老头儿。岁月已压弯曲了他的背。他会用一个龟壳和几个铜钱卜卦。

我曾听见过他卜卦时的祝词，从文王、周公、孔子一直念到他的一位远祖。他那位远祖曾穷一生的精力著一部《易经注解》，由于那部书他才成了一名秀才，而且他的生平才有了一件众人皆知的大事：他曾到京城去献过那部书。

那时候从我们家乡到北京，没有汽船，没有铁路，是一半年的旅程。他沿途的经历是一些什么情形呢，可惜我没有听过他亲自的叙述，只是从大人们的口中，简略的知道他千辛万苦，终于到了京城，但又因为贫穷，那部书终于没有被皇帝亲眼见到。据说皇帝是不看刻印的书籍的，一定要翰林们抄写出来才能进呈，他既然很贫穷，哪能买通大臣或者请求翰林呢。不过这一趟辛苦也并非完全白费，他那位远祖进了县里的乡贤祠，而他自己也落得了一名恩赐秀才。这和他的希望似乎差得很远，所以这件大事又成了他生平的憾事。

而且，从此他有了半疯狂的精神状态。据说他看见了穿红衣服的女子便会疯疯癫癫，胡言乱语，说她就是他年青时在京城里遇见过的那位宰相家的小姐。他在京城由献书而郁郁不得意的时候，有一个夜里邻家忽然失了火，他在红色的火光中看见了一位年青的女郎，从此他记忆里遂刻画着那么一个女子，并且和他幻想里的宰相家的小姐合而为一了。

人们都窃笑他，只要说到他这个故事。但我一点也记不起他有过什么疯狂的举动或者什么异乎常人的地方。我那时才六七岁。

他教我的期间很短，大概不过一年，以后他到哪儿去了呢，在什么时候才结束了他困顿的一生呢，无人说起。我十几岁时听说他的孙子已在当私塾先生了，也许他已埋葬了好几年了吧。在家藏的旧书箱里还有着半本他抄写来给我读的唐诗，我翻开它，看着那些苍老的蜷曲的字便想起了他那向前俯驼的背。

我的第二个先生虽不更年老却更善良。这是在外祖母家里了。一片黄铜色的阳光铺在剥落的粉墙上；静静的庭院和迟缓的光阴；学堂门外立着一些蜜蜂桶，成天听得见那种营营的飞鸣声。在这样一个私塾里我已记不清读了一些什么书了，似乎玩的时间比做功课的时间更多。

先生善良得像一个老保姆，大的学生简直有点儿欺侮他，小的学生也毫不畏惧，常常在晚上要求他讲故事。他曾讲述过许多故事，比如我现在还记得一个关于孝子的，说从前有一位孝子，他的母亲病了，梦见神告诉他要用雷公的胆做药才能医治好，他苦思了很久，居然想出了一条妙计，把雷公从天上引诱下来了，擒住了。这类简单的荒诞的故事曾多么迷惑人啊，现在我已无法想象在那生命之清晨，人的心灵是多么容易对人间的东西开放。

后来，这个私塾迁移地址了，从那古老的坐宅里搬到一所蹲在山脚下的祠堂里。周围很是荒芜。我每次一个人走出门外便提心吊胆，怕在那草丛里看见了两头蛇。乡间传说看见了两头蛇是很不祥的，回家便会害大病，不死也要脱一层皮。我也曾在书上读到那个两千年前的故事：楚国孙叔敖有一天出外锄地，看见了两头蛇，他马上用锄头打死了，埋在土中，他怕别人看见了也要遭受不幸；回家后他向着他的母亲哭，从头至尾的说了这件不祥的遭遇，他的母亲却说他不会死，因为他在那时候还想到别人；后来他竟做了楚国的宰相。说来很是惭愧，那时候我竟那样怯懦，一点儿没有想到效法那位古代贤人，只是准备见着两头蛇时便马上应用一种乡下人的方法，把裤腰带解下来系在身边的一棵树上。据说那就可以使那棵树代人受灾，渐渐衰萎以至枯死。

我的那些比我大几岁的舅舅，也就是我的同学，却比较生性豪放。他们常常斗鸡，斗蟋蟀。两只雄鸡对立在石板铺成的大院子里，颈间的羽毛因发怒而竖立，而成一个美丽的领环，像两个骄傲的勇敢的将军。在这样对峙比势之后，它们猛烈的奔上前去，猛烈的战斗起来了，互相残忍的用角质的尖嘴啄击着对方头顶上的红色的肉冠，一直到彼此都肉破血流，那光荣的冠冕凋残得如一朵萎谢的花，自甘败北的一只才畏缩的退到后方去。有时战斗得很长久，有时退却之后又重新猛烈的啄击起来，仿佛至死不肯认输，必得两方的主人亲自去解开。

我也常是这种决斗的观众之一，但并不感到快乐。似乎也曾疑惑过为什么两只毫无仇怨的雄鸡，仅仅受了主人的嗾使，会那样拚命的残杀起来。那时我不过是一个七八岁的孩子，不知很多动物，连人类在内，都有好斗的天性。

至于蟋蟀那样渺小的东西也那样善斗，却是很使我惊异的。它们在草丛中唱着多么好听的歌啊。我和我那些舅舅便追踪着那歌声去捕捉它们。

对于这些课外活动，我们的先生毫不阻止，有时还和我们一块儿散步在那有蟋蟀歌唱的草野间。

离开家乡到外省去避乱的日子来了。我辍学三年。等到重进私塾时，我那些背诵得很熟的经书都几乎全忘了。

又是一个善良的先生。他并不十分衰老，但也总是不走动，不说话。人们都说他有点儿迂，关于他简直没有什么事情可以叙述，他是那样呆板，那样平庸，使我过了两年很沉闷的日子。

后来听说他也疯了。

我最后的私塾先生从前曾教过我父亲和叔叔们。他年青时候是很厉害的。有一次他在某家教书，常常打得学生的脑袋发肿，惹得当母亲的忍不住出言语了，说孩子可以打但不应该打头部，从此不知他是赌气吗还是什么，再也不打学生了。但在我家里时他带着一个孙子，有时为着书没有读熟，有时为着替他取开水回来迟了，他还是残酷的鞭打着他。

那简直是一幅地狱里的景致：他右手执着长长的竹板子，脸因盛怒而变成狰狞可怕了，当他每次咬紧牙齿，用力挥下他的板子时，那孩子本能的弯起手臂来遮护头部，而板子就落在那些瘦瘦的手指上；孩子呜咽着，颤抖着，不敢躲避，他却继续乱挥着板子，一直打到破裂或折断。

每当这样的暴风雨来临时，我总是很不安的坐在自己的位子上，不能漠视无睹，又不能讲出一句求情的话。我并不是怕他迁怒于我，我知道那是决不会的。他常常向我的祖父和父亲夸奖我，对于我他总是温和的，连轻微的责骂也不曾有过。但我看见一个人用他的手那样残酷的摧折着别人，我在衷心里感到那是十分可怕，十分丑恶，仿佛他突然变成了一匹食肉类的野兽。

他身材高高的，脸色发黑，本来就不使人感到可亲近。

他读过的书很少。他只称赞两部书：《诗经》和《左

154

传》。他老是重复的拖起腔调读那两部书。而我那时候仿佛心灵的眼睛突然睁开了，在家藏的旧书箱里翻出许多书籍，热狂的阅读着，像一个饥饿的人找寻食物。

我实在暗暗的很不佩服我那位先生。

直到一件小事变发生后我才窥见了他生活的悲惨，并且似乎懂得了他那样折磨着他的孙子是一种情感发泄。那是一个晴朗的上午，我们正在大声的读着书，他突然像受了暴病的袭击似的倒在床上，呻吟着，喘息着，仿佛在和死神挣扎，最后口吐白沫，昏迷过去了。这时大人们也已来了。在一阵忙乱惊惶之后，才发见他是发了烟瘾。以前谁也不曾想到他吸鸦片。他知道我的祖父很憎恶吸鸦片的人，到我家来后完全是偷偷的和着开水吞食烟丸子。这天他的孙子去替他取开水故意很迟才回来，而他的烟瘾又很大，所以这样厉害的发作起来了。

我十五岁时才进学校。永别了私塾。在人群中我仍然是一个孤僻的孩子，带着一份儿早熟的忧郁，因为这些阴暗的悠长的岁月的影子是这样严重，没有什么手指能从我心上抹去。

假若我有另外一个童年我准会快乐一点。

然而在乡下，我这上学的经历还成了一种被仿效的教育方法，我的一位叔父也要关闭他的孩子们在私塾里，到十五岁才让他们进学校。

老　人

　　我想起了几个老人。

　　首先出现在我记忆里的是外祖母家的一个老仆，我幼时常寄居在外祖母家里。那是一个巨大的古宅，在苍色的山岩的脚下。宅后一片竹林，鞭子似的多节的竹根从墙垣间垂下来，下面一个遮满浮萍的废井，已成了青蛙们最好的隐居地方。我怯惧那僻静而又感到别一种吸引，因为在那几乎没有人迹的草径间蝴蝶的彩翅翻飞着，而且有着别处罕见的红色和绿色的蜻蜓。我自己也就和那些无人注意的草木一样静静的生长。这巨大的古宅仅有四个主人：外祖母是很老了；外祖父更常在病中；大的舅舅在县城的中学里；只比我长两岁的第二个舅舅却喜欢跑出门去和一些野孩子玩。我怎样消磨我的光阴呢，那些锁闭着的院子，那些储藏东西的楼，和那宅后，都是很少去的，那些有着镂成的图案的屋子里又充满了阴影，而且有一次外祖母打开了她多年不用的桌上的梳妆匣，竟发见一条小小的蛇盘曲在那里面，使我再不敢在屋子里翻弄什么东西。我常常独自游戏在那堂屋门外的阶前。那是一个长长的阶，有着石阑干，有着黑漆的木凳。站在那里仰起头来便望见三个高悬着的巨大的匾，在那镂空作龙形的边缘麻雀找着了理想的家，因此间或会从半空掉下一根枯草，一匹羽毛。

但现在这些都成为我记忆里的那个老仆出现的背景。我看见他拿着一把点燃的香从长阶的左端走过来，跨过那两尺多高的专和小孩的腿为难的门槛走进堂屋去，在所有的神龛前的香炉中插上一炷香，然后虔敬的敲响了那圆圆的碗形的铜磬。一种清越的银样的声音颤抖着，飘散着，最后消失在这古老的寂寞里。

这是他清晨和黄昏的一件工作。

他是一个聋子，人们向他说话总是大声的嚷着，他的听觉有时也还能抓住几个简单的字音，于是他便微笑了，点着头，满意于自己的领悟或猜度。他自己是几乎不说话的，有时为着什么事情报告主人，他也大声的嚷着，而且微笑的打着手势。他自己有多大的年纪呢，他是什么时候到这古宅里来的呢，是无人提起而我也不曾问过。他的白发说出他的年老。他那种繁多然而做得很熟练的日常工作说出他久已是这家宅的仆人。

我不知怎样举出他那些日常工作，我在这里列一个长长的表吗还是随便叙述几件呢。除了早晚烧香而外，每天我们起来看见那些石板铺成的院子像早晨一样祖露着它们的清洁，那完全由于他和一只扫帚的劳动。在厨房里他分得了许多零碎事做，而又独自管理一个为豢养肥猪而设的锅灶。每天早晨他带着一群鸭子出去，牧放在溪流间，到了黄昏他又带着这小队伍回来。他又常常弯着腰在菜地里。我们在房间吃着他手种的菜蔬，并且，当我们走出大门外去散步时我们看见了向日葵高擎着黄金色的大花朵，种着萝卜的菜地里浮着一片淡紫色和白色的小十字花。

向日葵花是骄傲的，快乐的，萝卜花却那样谦卑。我曾经多么欢喜那大门外的草地啊，古柏树像一个巨人，草麻树张着像星鱼形的大叶子，还有那披着长发的万年青，但现在这些都成为对于那个勤苦的老人唱出的一种合奏的颂歌。

他在外祖母家当了多少年的仆人呢，是什么时候离开了那古宅呢，我都不能确切的说出。只是当我在另一个环境里消磨我的光阴时，听说有一天他突然晕倒在厨房里的锅灶边。苏醒后便自己回家去了。人们这时才想到他的衰老。过了一些日子听说他又回到了那古宅里，照旧做着那些种类繁多的工作。之后，不知是又发生了一次晕倒吗还是旁的缘故，他又自己回家去了，永远的离开那古宅了。

我在寨上。我生长在冰冷的坚硬的石头间。为了我的父亲或我的祖父并不是一个穷人，我遂被石的墙壁囚起来。

大人们更向一个十岁的孩子要求着三十岁的成人的拘束。

但一个老实规矩的孩子有时也会露出顽皮的倾向，犹如成人们，有时为了寂寞，会做出一些无聊的甚至损害他人的举动，我就在这种情形下间或捉弄寨上的那个看门人。

他是一个容易发脾气的老人，下巴长着花白的山羊胡子，脑后垂着一个小发辫。他已在我们寨上看了好几年的门了。在门洞的旁边他有着一间小屋。他轮流的在各家吃一天饭，但当地方上比较安静，有许多家已搬回坐宅去的时候，他就每月到那几家去领取几升米，自己炊食。不知由于生性褊急还是人间的贫穷和辛苦使他暴躁，总之他在我的记忆里出现时大半是带着怒容坐在寨门前的矮木凳上，嘴里咕噜着而且用他那长长的烟袋下面的铁的部分敲打着石板铺成的街道。

那已变成黄色的水竹烟袋又是他的手杖，上面装着一个铜的嘴子，下面是一个铁的烟斗。它也就是有时我和他结恨的原因。我趁他不注意的时候常把它藏匿起来，害他到处寻找。

有一次我给自己做一个名叫水枪的玩具。那是用一截底下留有竹节并穿有小孔的竹筒和一只在头上缠裹许多层布的筷子做成的，可以吸进一大杯水，而且压出的时候可以射到很远的地方。已记不清这个武器是否触犯了他，总之，他告诉了我的祖父。我得到的惩罚是两个凿栗，几句叱责，同时这个武器也被祖父夺去，越过城墙，被掷到岩脚下去了。

他后来常从事于一种业余工作：坐在一个特制的木架上用黄色的稻草和竹麻织着草鞋，在这山路崎岖的乡下，这种简陋然而方便的鞋几乎可以在每个劳动者的脚上见到，他最初的出品是很拙劣的，但渐渐的进步了，他就以三个当百的铜元一双的价格卖给出入于寨中的轿夫，工匠，或者仆人。

我现在仿佛就看见他坐在那样一个木架上，工作使他显得和气一点了。于是在我的想象里出现了另外一个老人，居住在一条大路旁边的茅草屋里，成天织着草鞋，卖给各种职业的过路人，他一生足迹不出十里，而那些他手织成的草鞋却走了许多地方，遭遇了许多奇事。

我什么时候来开始写这个《草鞋奇遇记》呢。

黄昏了。夜色像一朵花那样柔和的合拢来。我们坐在寨门外的石梯上。远山渐渐从眼前消失了。蝙蝠在我们头上飞着。我们刚从一次寨脚下的漫游回来。我们曾穿过那地上散着松针和松球的树林，经过几家农人的茅草屋，经过麦田和开着花的豌豆地，绕着我们的寨所盘踞的小山走了一个大圈子，才带着疲倦爬上这数十级的蜿蜒的石梯，在寨门口坐下来休息。

我，我的祖父，和一个间或到我家来玩几天的老人。

他正在用宏亮的语声和手势描摹着一匹马。仿佛我们面前就站立着一匹棕黄色的高大的马，举起有长的鬃毛的颈子在萧萧长鸣。他有着许多关于马的知识：他善能骑驭，辨别，并医治。

他是一个武秀才。我曾从他听到从前武考的情形：如何舞着大刀，如何举起石磴，如何骑在马背上，奔驰着，突然转身来向靶子射出三枝箭。当他说出射箭的时候总是用力的弯起两只手臂来作一手执弓一手拉弦的姿势。

我也曾从他听到一些关于武士的传说。在某处的一个古庙里，他说，曾住过一位以棍术著名的老和尚；他教着许多徒弟；有一天，他背上系一个瓦罐，站在墙边，叫他的弟子们围攻他，只要有谁用那长长的木棍敲响了瓦罐他就认输。结果呢，不用说那老和尚是不会输的。

他自己也很老了，却有着一种不应为老人所有的宏亮的语声，而且那样喜欢谈着与武艺有关的事物。但我那时是一个孩子，不知人间有许多不平，许多不幸，对于他那些叙述仅仅当作故事倾听，并不曾幻想将来要装扮着一个游侠骑士，走到外面世界去。我倒更热切的听着关于山那边的情形。他曾到很远的地方去贩卖过马。山的那边，那与白云相接并吞没了落日的远山的那边，到底是一些什么地方呢，到底有着一些什么样的人和事物呢，每当我坐在寨门外凝望着时，便独自猜想。那个老人的叙述并不能给我以明确的观念和满足，并且渐渐的他来得稀疏了，大概又过了几年吧，听说他已走入另一个世界里去了。人的生命是很短促的。

最后我看见自己是一个老人了，孤独的，平静的，像一棵冬天的树隐遁在这乡间。我研究着植物学或者园艺学。我和那些谦卑的菜蔬，那些高大的果树，那些开着美丽的花的草卉一块儿生活着。我和它们一样顺从着自然的季候。

常在我手中的是锄头，借着它我亲密的接近着泥土。或者我还要在有阳光的檐下养一桶蜜蜂。人生太苦了，让我们在茶里放一点糖吧。在睡眠减少的长长的夜里，在荧荧的油灯下，我迟缓的，详细的，回忆着而且写着我自己的一生的故事……

但我从沉思里自己惊醒了。这也是一个多么荒唐的梦啊。在成年与老年之间还有着一段很长的距离，我将用什么来填满呢？应该不是梦而是严肃的工作。

一九三七年三月三十一日夜

树阴下的默想

　　我和我的朋友坐在树阴下。六月的黄金色的阳光照耀着。在我们眼前，在苍翠的山岩和一片有灰瓦屋顶的屋舍之间，流着浩浩荡荡东去的扬子江。我们居高临下。这地方从前叫西山，但自从有了一点人工的装饰，一个运动场，一些花木和假山石和铺道，便成了公园。而且在这凉风时至的岩边有了茶座。

　　我们就坐在茶座间。一棵枝叶四出的巨大的常绿树荫蔽着。这种有椭圆形叶子的乔木在我们家乡名黄桷树，常生长在岩边岭上，给行路人休憩时以清凉。当我留滞在沙漠似的北方我是多么想念它啊，我以不知道它在植物学上的名字深为遗憾，直到在一本地理书上读到描写我们家乡的文字，在土壤肥沃之后接上一句榕阴四垂，才猜想它一定是那生长在热带的榕树的变种。

现在我就坐在它的树阴下。

而且身边是我常常想念的别了四五年的朋友。

我将怎样称呼我这位朋友呢？我曾在诗中说他常有温和的沉默。有人称他为一个高洁的人。高洁是一个寒冷的形容词，然而他，就对于我而言，是第一个影响到我的生活的朋友，他使我由褊急，孤傲，和对于人类的不信任变得比较宽大，比较有同情。就他自己而言，他虽不怎样写诗却是一个诗人。当我和他同在一个北方古城中的会馆里度着许多寂寞的日子，我们是十分亲近；当我们分别后，各自在一边受着苦难，他和肺病斗争而我和孤独，和人间的寒冷，最后开始和不合理的社会斗争，我仍是常常想念他；他是一个非时间和生活上的疏远所能隔绝的朋友。

这次我回到乡下的家里去过完了十三天假日，又到县城里来冒着暑热，等着船。又等了三天的船。正当我十分厌烦的时候，他坐着帆船从他那闭塞的不通邮讯的乡下到县城里来了。

但我们只有着很短促的时间。今天夜里我就将睡在一只船上，明天清晨我就将离开我的家乡。我的旅程的终点乃在辽远的山东半岛的一个小县里。我将完全独自的带着热情和勇敢到那陌生地方去，像一个被放逐的人。

我们说了很多的话，随后是片刻沉默。就在这片刻沉默里，许多记忆，许多感想在我心里浮了起来。

北方的冬天。已经飘飞过雪了。一种怪异的悒郁的渴望，那每当我在一个环境里住得稍稍熟习后便欲有新的迁移的渴望，又不可抵御的折磨着我。我写信给我的同乡，说想搬到他们所住的那个会馆里去。回信来了："等几天再搬来吧，我们现在过着贫穷的日子。"那会馆里几乎全是一些到北方来上学的年青人，常常因家里的钱寄到得太迟而受窘迫。但我还是搬去了，因为我已不可忍耐的厌倦了那有着熊熊的炉火的大学寄宿舍，和那辉煌的图书馆，和那些放散着死亡的芬芳的书籍。

搬到会馆后我的屋子里没有生炉火，冷得像冰窖。每天餐桌上是一大盆粗菜豆腐，一碗咸菜，和一锅米饭。然而我感到一种新鲜的欢欣。

因为我们过着一种和谐的生活。而我那常有温和的沉默的朋友那时候更常有着温和的微笑。在积雪的日子，我往往独自跑出去享受寂寞，回来便坐着写诗。那是一些很幼稚的歌唱，但全靠那位朋友读后的意见和暗示我才自己明白。所以他又是第一个影响到我的写作的朋友。他使我的写作由浮夸，庸俗，和浅薄可笑的感伤变成比较亲切，比较有希望。他自己是不常写作的。但有一次他从抽屉里拿出一册手抄本给我看，上面写满了用小诗形式记下来的诗的语言，像一些透明的露珠那样使我不能忘记。到现在我还能背诵出其中的一些。

　　寂寂的秋
　　猫儿绕着我的脚前脚后

　　吹去爬到我书上的虫儿
　　使它做一个跳岩的梦

　　迟晚的北方的春天终于来了，或者说已是初夏，因为在那古城里这两个季节是分不清的。每个院子里的槐树已张了它的伞；他的窗前已牵满了爬山虎的绿叶；我常常坐在他的屋子里闲谈，或者谛视着在那窗纱上抽动着灰色的腿的壁虎。他呢，他望着屋檐下的去年的旧蜂窝想念他的昔日。我们都感到最好以工作来排遣寂寞了。于是我们自己印一种小刊物来督促我们写作。

　　这小刊物印行了三期便没有继续，因为我被磨于一种生活上的纠纷，一种燃烧着自己的热情，再也不能安静的提起笔来写一点什么。

那郁热的多雨的夏季啊，我第一次背起了爱情的十字架。

我常以我那位朋友的屋子为我的烦忧的托庇所，因为在那里我可以找到平静，友谊，和莫逆于心的谈话。有时我们一同缓步在那些曲折的多尘的小胡同里，或者在那开着马樱花的长街上。

一晚上我们又走进了一个常去的荒凉的园子里。隔着暗暗的湖水，我们停下来遥望对岸的树林。我突然想起了家乡。而他也谈起他将来愿意回到乡下住着，常常坐在屋侧的池塘边的树阴钓鱼，并且希望那时乡下的交通比较方便，邮差从池塘边走过时常把远方的信亲交在他手里。

不久他就凄凉的离开了那个古城，回到混乱的文化落后的家乡去寻找职业。没有发现适宜的工作却发现了肺病。他吐血了。这个悲哀的消息给我带来惊讶，忧虑，我想起了他瘦弱的身体，困难的家庭状况，和家乡的那种折磨人的社会环境。

全靠他自己，他和那可怕的疾病斗争了四五年还是坚强的站立着。在这中间他还断续的以劳力去换取一种极简单的生活。

在一封信里他写着："我宁愿挑葱卖蒜，不和那些人往来。"那些人是什么人呢？不待推测，我就想到那是充满各地的闭着眼向社会的上层爬的人们。后来他又寄一些新的小诗给我，当我读到其中的这样一首：

我愿是一个拣水雀儿

在秋天的田坎上

啄雨后的露珠

我起了许多感触。我联想到一位古代的愤世者的话："世间无一可食，亦无一可言。"

现在我们见面了。他更加瘦弱而我则带着风尘之色。让我们为着想起了那些已经消逝的岁月再沉默一会儿吧：那些寂寞的使人老的岁月。

我已经开始走入衰老的季节了，却又怀抱着一种很年青的感觉：仍然不关心我的归宿将在何处，仍然不依恋我的乡土。未必有什么新大陆在遥遥的期待我，但我却甘愿冒着风涛，带着渴望，独自在无涯的海上航行。

是什么在驱策着我？是什么使我在稍稍安定的生活里便感到十分悒郁？

我真像是一个命定的"浪子"，不知要到什么时候才

"厌倦了幻想，厌倦了自己"，回到家中去作一个安分的人。我真像是跋涉在沙漠里就为着"寻找口渴"。

对于明天我又将离开的乡土，这有着我的家，我的朋友，和我的童年的乡土，我真是冷淡得如一个路人吗，我责问着自己。我不自禁的想起一片可哀的景象：干旱的土地；焦枯得像被火烧过的稻禾；默默的弯着腰，流着汗，在田野里劳作的农夫农妇。

这在地理书上被称为肥沃的山之国，很久很久以来便已为饥饿、贫穷、暴力和死亡所统治了。无声的统治，无声的倾向灭亡。

或许这就是驱使我甘愿在外面流离的原因吧。

是呵，在树阴下，在望着那浩浩荡荡的东去的扬子江的时候，我幻想它是渴望的愤怒的奔向自由的国土，又幻想它在呜咽。

六月十一日下午莱阳

171

星火集

工作啊，争着去做，抢着去做，而做不完！

一个平常的故事

——答中国青年社的问题

我来到了这里。难道这真需要一点解释吗？

在开出了许多新窑洞的山上，在道路上，在大会中，我可以碰到太多太多的我这样的知识青年。我已经消失在我们里面，虽说每一个来到这里的人都有他的故事，当他和他们一样忙着工作和学习的时候，我为什么要急于来谈说我的？

因为我曾经写了《画梦录》？

这不是一个好理由，那本小书，那本可怜的小书，不过是一个寂寞的孩子为他自己制造的一些玩具。它和××①

———————————

① ××，指延安。

中间是有着很大的距离的，但并不是没有一条相通的道路。

或者因为我来得比较困难，比较晚？是的，我时常感到比我更年青一些的人要比我幸福一些。我回顾我的过去：那真是一条太长，太寂寞的道路。我幼年时候的同伴们，那些小地主的儿子，现在多半躺在家里抽着鸦片，吃着遗产，和老鼠一样生着孩子。我中学时候的同学们现在多半在精疲力竭地窥伺着，争夺着或者保持着一个小位置。我在大学里所碰到的那些有志之士，多半喜欢做着过舒服的生活的梦，现在大概还是在往那个方向努力。从这样一些人的中间我走着，走着，我总是在心里喊，"我一定要做一个榜样！"我感到异常孤独，异常凄凉。来到了延安，我时常听见这样一个习惯语，"起模范作用"。有一天，我突然想到它和我自己的那句话的意思差不多。不过大家说着它的时候，不是带着悲凉的心境而是带着快活的，积极的意味。

当我把这一类的感触告诉一个参加过"一二·九"运动的同志：

"我们不同，"他说，"我们的道路是很容易的，就像自然而然地走到了这里一样。"

是的，他们是成群结队地，手臂挽着手臂地走到这里来的，而我却是孤独地走了来，而且带着一些阴暗的记忆。

我想我大概并不是一个强于思索和反抗的人，总是由于重复又重复的经历，感受，我才得到一个思想；由于过分沉重的压抑，我才开始反叛。

我时常用寂寞这个字眼，我太熟悉它所代表的那种意味，那种境界和那些东西了，从我有记忆的时候到现在。我怀疑我幼时是一个哑子，我似乎就从来没有和谁谈过一次话，连童话里的小孩子们的那种对动物，对草木的谈话都没有。一直到十二岁我才开始和书本说起话来，和一些旧小说说起话来。我时常徘徊在邻居的戚族家的窗子下，不敢叫一声，不敢说出我的希望。为着借一本书，当我苦于无法借得新的读物，我夜里便在梦中获得了它。但当我正欢欣地翻阅了那丰富的回目，开始读它，我就醒来了，它就从我的手指间消失。对于正面的生活，对于人，我都完全没有怀疑过它们，我以为世界就是这样，我不能想象它还可能更好一点，我承认了它。

十三岁的时候，当我又在私塾里读着家里仅有的另一些旧文学书籍，一个叔父告诉我一个他辗转听来的道理：地像一个圆球。我不相信，我的理由是那样可笑。我心里想："我所读过的书上都没有这样说过。"读着《礼记》上的"曲礼"和"文王世子"，我想作一个儿子真麻烦。但我的思想并没有滑到那些礼节好不好，应不应该有上面去，只是接着想，好在现在大家都不照着书上所说的那样做。

当我像一个小孩子那样哭泣着，要求着家里让我去上中学，我已经十四岁了。我并不曾明显地想到新式学校比私塾好，仅仅由于一种朦胧的欲求，一种几乎是自然而然地对新环境的渴慕而已。

中国历史上的一个伟大的时代到来了，由于地域的偏僻，一九二七大革命并没有给与我什么影响，它留给我的一些较深的印象不过是五色旗被青天白日旗代替，当地驻军的布告上把"讨贼联军"改成了"国民革命军"，和重庆大屠杀后被难学生的家属们寄到我们学校来的传单。我自己另外经历了一点寂寞的事情，这使我像一个小刺猬，被什么东西碰触了一下便蜷缩起来。我用来保护我自己的刺毛是孤独和书籍。汉斯·安徒生的《小女人鱼》是第一个深深地感动了我的故事。我非常喜欢那用来描写那个最年青的公主的两个外国字：beautiful 和 thoughtful。而且她的悲惨的结果使我第一次懂得了自我牺牲。不知这三个思想（美、思索、为了爱的牺牲）是刚好适宜于我吗还是开启了我，我这个异常贫穷的人从此才似乎有了一些可珍贵的东西。我几乎要说就靠这三个思想我才能够走完了我的太长，太寂寞的道路，而在这道路的尽头就是延安。但它们也限制了我，它们使我不喜欢我觉得是嚣张的情感和事物。这就是我长久地对政治和斗争冷淡，而且脱离了人群的原因。

我乖僻到不喜欢流行的，大家承认的，甚至于伟大的东西。在上海住了一年，我讨厌运动，我没有看过一次电影，而且正因为当时社会科学书很流行，几乎每个同学的案头上都有一两本，我才完全不翻阅它们。在一个夜里，我写了一首短诗，我说我爱渺小的东西而且我甘愿做一个渺小的人，我有点儿惋惜那些少年期的作品后来被我烧毁了，因为我现在很想看一看我那时是怎样幼稚地说着那种幼稚的思想。那时我十八岁。

这个幼稚的时期继续得相当长久，一直到我二十二岁，也就是一直到大学二年级。我给我自己制造了一个美丽的，安静的，充满着寂寞的欢欣的小天地，用一些柔和的诗和散文，用带着颓废的色彩的北平城的背景，用幻想，用青春，而且，让我嘲笑一下那时的我吧，用家里差不多按期寄来的并不怎样美丽的汇票。生活在这样的小天地里，我并不感到满足，如我曾经在别处写过的，"每一个夜里我寂寞得与死临近"，而且，"我遗弃了人群而又感到被人群所遗弃的悲哀"。我写着一些短短的诗和散文，我希望和我同样寂寞的孩子也能从它们得到一点快乐和抚慰，如同在酸辛的苦涩的生活里得到一点糖果。我觉得这是我仅能作到的对于人类和世界的一点贡献，我没有更大的志愿，更大的野心，因为我像一个无知的孩子，对于许多事情还没有责任感。

　　但在这种生活里新的思想也在开始生长，虽然仍然是不健康的，近乎虚无主义的，在我的思想里它到底是新的。一个阴晦的下午，我独自在一条僻静的街上走着，一个十二三岁的卖报的孩子从我的对面走过来，挂着一个盛报纸的布袋，用可怜的声音叫着一些报纸的名字。我看着他，我忽然想起了我家里的一个小兄弟，一种复杂的思想掠过我的脑子，我想到他和我的那个兄弟一样年幼，为什么他却要在街头求乞似的叫喊着；我想到人类为什么这样自私自利；我想到难道因为他不是我的兄弟，我就毫不注意，毫不难过地让他从我身边走过去。我忽然决心买一份他的报，仿佛这可以给他一点安慰似的。他从布袋里取一份报给我，因为没有零钱，我给一块钱让他找。当他到街旁的小铺里去兑换，我又忽然想，难道我真还要他把那点钱找还我吗。于是我跑进胡同里，一直跑回了我住的地方。一种沉重的难过压在我心里，我哭泣了一会儿；当我恢复了平静，我却责备自己是一个傻子，因为我想那个诚实的小孩子一定在那条街上寻找着我，焦急地而又疑惧地。我不安了许久。我后来想写一个故事来说明一个新生长起来的思想。一个乖僻的年青人在一些陌生的地方流浪了许多年，最后在一个城市里得了沉重的肺病。他家里的人得到了消息，远远地跑去看护他，而且偷偷地为他哭泣。但他并不感谢他们，反而被触怒了似的说："正因为每个母亲只爱她的儿子，每个哥哥只帮助他的弟弟，人间才如此寒冷，使我到处遇到残忍和淡漠，使我重病着而且快要死去。"我的生活限制着我的思想更进一步。我不知道人间之所以缺乏着人间爱，基本上由于社会制度的不合理，我不知道唯有完成了社会的改革之后，整个人类的改革才可能进行，而在进行着社会的改革的当中，一部分人类已经改变了他们自己，而且我是那样谦逊，或者说那样怯懦，我没有想到我应该把我所感到的大声叫出来："这个世界不对！"更没有想到我的声音也可以成为力量。

但我终于从幼稚走向成熟。我丧失了我的充满着寂寞的欢欣的小天地。我的翅膀断折。我从空中坠落到地上。我晚上的梦也变了颜色：从前，一片发着柔和的光辉的白色的花，一道从青草间流着的溪水，或者一个穿着燕子的羽毛一样颜色的衣衫的少女；而现在，一座空洞的屋子，一个愁人的雨天，或者一条长长的灰色的路，我走得非常疲乏而又仍得走着的路。

我曾经把我的这个改变比作印度王子的出游，在这两个时期的中间，我的确有过一次旅行。然而现在想来，并不是从那次旅行我才看见了人间的不幸，因为它并没有使我遭遇到什么特殊的事件，还是从小以来的生活经验的堆积使我在这时达到了一个突变。我到底不是一个思想家，我十几年的经历，感受似乎还比不上人家一天的出游。现实的荆棘从来就不断地刺伤着我，不过因为是比较轻微的刺伤，我这个年幼的堂吉诃德才能够昂着头走了一些日子。而且在北平的那几年，我接触的现实是那样狭小，一个小职员的家庭，一个被弃的少妇，一些迷失了的知识分子。而更深入地走到我生活里来的不过是带着不幸的阴影，带着眼泪的爱情。我不夸大，也不减轻这第一次爱情给我思想上的影响。爱情，这响着温柔的，幸福的声音的，在现实里并不完全美好。对于一个小小的幻想家，它更几乎是一阵猛烈的摇撼，一阵打击。我像一只受了伤的兽，哭泣着而且带着愤怒，因为我想不出它有着什么意义（直到后来我把人间的不幸的根源找了出来，我才知道在不合理的社会里难于有圆满的爱情）。然而在另一个意义上它的确教育了我。唯有自己遭遇过不幸的人才能够真正地同情别人的不幸，而一个知识分子，我想诚实地说了出来反而并不是可羞耻的，更要不幸降临到他身上他才知道它的沉重。在以前，虽说我感到我随时可以为别人牺牲，我至多至多只是消极地做到了不损害人，不自私自利，对于人我仍然是漠不关心的。在这以后，我才如我在别处写过的，"对于人间的快乐和幸福我很能够以背相向，对于人间的苦痛和不幸我的骄傲只有低下头来化作眼泪"。我的偏爱的读物也从象征主义的诗歌，柔和的法兰西风的小说换成了 T. S. 爱略忒①的绝望的枯涩的语言，杜斯退益夫斯基的受难的灵魂们的呻吟。虽说我自己写的东西仍然部分的远离现实，像霍普特曼的《寂寞的人们》中的那个失掉了丈夫的爱情的妻子，一边痛苦到用针尖刺着她自己的手指都不能感到疼痛，一边还对她的婆婆谈说她的幼年的梦想，又像那个为着同情那个当妻子的人的痛苦而决定放弃爱情的女客人，在黄昏里，对她将要别离的爱人，在钢琴上弹着悲哀的小曲。

我到天津的一个中学里去教书，在那教员宿舍里，生活比在大学寄宿舍里还要阴暗。那里充满了愤懑而又软弱无力的牢骚，大家都不满于那种工厂式的管理和剥削，然而又只能止于不满。我开始感到生活的可怕：它有时候会把人压得发狂。一个独身者在吃饭的时候对我叹息说："我们太圣洁了，将来进不了天国的。"他本来可以到旁的地方去做事情，但他又不愿离开这个都市和它所有着的电影院、

---

① T. S. 爱略忒，今通译 T. S. 艾略特（1888—1965），英国诗人、剧作家和文学批评家。代表作有长诗《荒原》等。

溜冰场、网球场和抽水马桶。因为一个同事病了，一个比较起来还算很强壮的人竟歇斯德里①地哭了起来。当他早晨看见阔人们的子弟坐着汽车来上学，他总是对我说："他们一定觉得我们还不如他们家里的汽车夫！"或者，"我们有一天会被他们的汽车压死的！"他是我在那种环境里的唯一的朋友，唯一互相影响又互相鼓励的人。在黄昏中，看着远远的烟囱，看着放工回来的小女工沿着那从都市的中心流出来的污秽的河水的旁边走了过来，我们开始谈说着资本主义的罪恶。在我的班上，一个买办的儿子白天听我讲授着白话文，而晚上回到家里，又从他的家庭教师读古老的经书。我对我的工作和生活渐渐地感到了羞耻。我仿佛看见了我将被毁坏。而在这时候，学生运动起来了。它更使我们处于一个非常难堪的尴尬的地位，在学生和学校的中间，我们是可怜的没有立场的第三者。当"五·二八"那天，游行的队伍一阵暴风雨似的冲到了我们的宿舍外边的操场上，欢迎着我们学校的学生们参加，热烈地开着会，呼着口号，那像一堆突然燃烧了起来的红色的火，照亮了我生活的阴暗，然而我却只能远远地从寒冷的角落望着它，因为虽然我和他们同样年青，同样热情，我已经不是一个

---

① 歇斯德里，即歇斯底里（Hysteria），形容情绪异常激动，举止异常。

学生而是一个被雇用者。

我总是带着感谢记起山东半岛上的一个小县，在那里我的反抗思想才像果子一样成熟，我才清楚地想到一个诚实的个人主义者除了自杀便只有放弃他的孤独和冷漠，走向人群，走向斗争。我才肯定地想到人间的不幸多半是人的手制造出来的，因此可能而且应该用人的手去毁掉。在那个有着模范县的称号的地方，农民是那样穷苦，几乎要缴纳土地的收入的一半于捐税。那些在农村里生长起来的青年，那些在他们的前面只有小学教师的位置，每月十二块钱的薪水和无望的生活等待着的师范学生，经常吃着小米，四等黑面，番薯，却对于知识那样热心，像一些新的兵士研究着各种武器的性格和使用方法。而且他们那样关心着政治，有几个因为到邻县去作救亡的宣传而被逮捕。和他们在一起，我感到了我并不是孤独的。我和他们一样充满了信心和希望，我的情感粗了起来，也就是强壮了起来。当我看见了一些丧失了土地的农民带着一束农具从邻县赶来做收获时的零工，清早站在人的市场一样的田野里等待着雇主，晚上为着省一点宿店的钱而睡在我们学校门前的石桥上，又到青岛去看见一排一排的别墅在冬天里空着，锁着，我非常明显地感到了这个对比所代表着的意义。我把我这点感触写了一首短诗，我写着："从此我要叽叽喳喳发议论。"就是说从此我要以我所能运用的文字为武器去斗争，如列蒙托夫①的诗句所说的，让我的歌唱变成鞭棰。

　　抗战来了，对于我它来得正是时候，因为我不复是一个脸色苍白的梦想者，也不复是一个怯懦的人，我已经像一个成人一样有了责任感，我相信我在任何地方都可以做一些事情。我回到四川。我发现我的家乡仍然那样落后，这十分需要着启蒙的工作。在我教着书的一个县里的学校里，教员们几乎成天打着麻将。当上海失陷，南京失陷的消息出现在报纸上，他们也显得不安而且叹息，但仍然关心他们的职业和薪金更甚于关心抗战。那个五十多岁的半聋的校长，一个从前在日本学工程的，在教员休息室里公开地说中国打不赢日本。但是，他接着补救几句，中国还是不会亡。他说从历史上看来，中国没有灭亡过。当大家问他元代和清代算不算异民族统治，他才装作没有听见，停止了他的政论。而且我不喜欢我班上的许多学生，那样安静，那样老成。他们对于学校是有着许多意见的，然而他们却很少正面地提出来。我甚至于有一次对快要毕业的

---

① 列蒙托夫，今通译莱蒙托夫（1814—1841），俄国诗人、小说家、剧作家。

那一班说："我看你们比我还世故。"我希望他们多管一些事情，首先从学校里管起。我并不是单责备他们，我没有忘记文化的落后，军阀官僚的统治，长期的革命低潮，职业和生活对于知识分子的威胁都帮助了某一部分人所施行的训练，那种使年青人丧失了理想，热情和勇敢的训练。我只是希望能够见到一种蓬勃的气象，一种活跃。后来一件小事情使我感到我需要离开那个环境，我到底不是一个坚苦卓绝的战斗者。我自己还需要伙伴，需要鼓舞和抚慰。一个比较热情的学生写了一篇文章，慨叹着县里的人对于抗战漠不关心，学校里的一位主任劝他不要发表，并且说："你责备别人，应该先从自己做起。"他真的就请假回乡下去作宣传工作，而且不久以后，带着一笔募捐来的钱回到了学校，这时候主任对我说到他，就只轻轻的一句，"我看他有点神经病。"

我到了成都，我想在大一点的地方或者我可能多做一点事情。我教着书，写着杂文，而且做一个小刊物的发行人。我和一个朋友每期上印刷所去校对；我几十份几十份地把它寄发到外县去，送到许多书店里去；我月底自己带着折子到处去算账。我的文章抨击到浓厚的读经空气，歧视妇女和虐待儿童的封建思想的残余，暗暗地进行着的麻醉年青人的脑子的工作，知识分子的向上爬的人生观……

但当我的笔碰触到那个在北平参加"更生文化座谈会"的周作人，却引起了许多人的不满。一个到希腊去考过古的人，他老早就劝我不要写杂文，还是写"正经的创作"，而且因为我不接受，他后来便嘲笑我将成为一个青年运动家，社会运动家，在这时竟根据我那篇文章断言我一定要短命。我所接近的那些人，连朋友在内，几乎就没有一个赞同我的，不是说我刻薄，就是火气过重。这使我感到异常寂寞，我写了《成都，让我把你摇醒》。像鼓励自己似的，我说：

> 我像盲人的眼睛终于睁开，
>
> 从黑暗的深处看见光明，
>
> 那巨大的光明呵，向我走来，
>
> 向我的国家走来……

这时，一个在旁的地方的朋友，一个从前喜欢周作人的作品的人，却在一篇文章里取消了他对他的好感和敬意，说他愿意把刊物上的那和汉奸、日本人坐在一起的周作人的像擦掉，而且当他提到了我的时候，他说我不应该再称呼自己为一个个人主义者（一直到这时候我还间或又喜欢称呼自己为一个个人主义者，罗曼·罗兰所辩护过的那种个人主义者），因为我是有着我的伙伴的，不过在另外一个地方。

　　是的，我应该到另外一个地方去，我应该到前线去。即使我不能拿起武器和兵士们站在一起射击敌人，我也应该去和他们生活在一起，而且把他们的故事写出来，这样可以减少一点我自己的惭愧，同时也可以使后方过着舒服的生活的先生们思索一下，看他们会不会笑那些随时准备牺牲生命的兵士们也是头脑晕眩或者火气过重。

　　我来到了这里。

　　我是想经过它到华北战场去，我还不知道我自己需要从它受教育。我那时是那样狂妄，当我坐着川×公路①上的汽车向这个年青人的圣城进发，我竟想到了倍纳德·萧②离开苏维埃联邦时的一句话："请你们容许我仍然保留批评的自由。"但到了这里，我却充满了感动，充满了印象。我想到应该接受批评的是我自己而不是这个进行着艰苦的伟大的改革的地方，我举起我的手致敬，我写了《我歌唱》③。

　　现在，从华北战场回来后，我已经在这里住了十个月。

---

① 川×公路，指川陕公路，1937年2月全线通车。
② 倍纳德·萧，即萧伯纳（1856—1950），爱尔兰剧作家、社会活动家。曾于1931年访问苏联。
③ 《我歌唱》，指《我歌唱延安》，作者1938年创作的一篇散文。

在这里，因为生活里充满了光明和快乐，时间像一支柔和的歌曲一样过逝得容易而又迅速，而且我现在以我的工作来歌唱它，以我生活在这里来作为对于它的辩护，而不仅仅以文字。在这里，当我带着热情和梦想谈说着人类和未来，再也不会有人暗暗地嘲笑。在这里，我这个思想迟钝而且情感脆弱的人从环境，从人，从工作学习了许多许多，有了从来不曾有过的迅速的进步，完全告别了我过去的那种不健康，不快乐的思想，而且像一个小齿轮在一个巨大的机械里和其他无数的齿轮一样快活地规律地旋转着，旋转着。我已经消失在它们里面。

一九四〇年五月八日

川陕路上杂记

梓潼之夜

梓潼。一个四川北部的小县城。

没有报纸。没有中级学校。这小县的全县人口约共十七万，而烟民竟约有八千。据说每月县政府要解走公烟卖的钱和灯捐三万多。

旅馆里的客人就可以随便买烟膏来抽。

一天晚上，我睡得很早。上床后听见隔壁房间里有陕西口音的谈话声，呼呼的抽大烟声。继续听下去，还有低下的女人的声音在劝着"吃一口"或者"再吃一口"。

从那女人的一些零碎的话推测起来，似乎她是因为抽大烟而穷困而开始卖淫的。无疑地她现在是被叫来陪烧烟。

那些听不完全的陕西口音谈到了成都的"三益公"，那是在成都最热闹的大街春熙路上的一个古怪的营业场所，里面有着戏院，茶馆，理发店和澡堂。"有一次我去那里洗澡，"有一个在这样带笑带骂地大声地叙述，"我说，喊一个擦背的来吧，他妈的，来了一个是女的!"另外一个说到擦背的男孩子，也带着很猥亵的口气。他说某一个阔人的儿子去洗澡，一次给某一个擦背的男孩子六十块钱。

后来那个陪烧烟的女人似乎要走了，在用低小的撒娇的声音争着钱："再给我两角钱。"说了许多告哀怜的话才似乎达到目的了。这时那给钱的人开心地说道，"就在这里睡一晚吧，给你五角钱。""不行。"低小的声音这样回答。"六角钱？""不行。""七角钱？""不行。""八角钱？""不行。"……那男子这样开玩笑地像唱一个非常简单而又非常下流的歌似的逗着那女人，结果还是那女人的很低小但听得清楚的声音结束了这对白："给我两块钱吧。"

那女人终于走了。那屋子里的两三个陕西口音的人说了几句话也都不做声了。最后的两句听得很清楚。一个说，"真是又可怜又可笑。"一个说，"她大概有三十多岁哪。从前两块钱还不行哪。"

夜是凄惨地静。

第二天起来，我好奇地猜测着那两三个陕西人是谁。旅馆里住着好几个陕西人，有的是做生意的，有的穿着漂亮的黄色军服。他们都有着成人的正经的脸。他们都似乎和有着良心的人一样善良。我无法猜测。

白龙江边的两个插曲

白龙江在奔流着。

载着我们和几十箱汽油的汽车驶到这条嘉陵江的支流的岸边停住了。这里叫郭家渡。因为下了几天雨，江水骤然涨高了起来，而且流得很急。

公路得从江面走过去，然而没有桥梁。

四川公路局的先生们是聪明的，他们会用木船来代替桥：汽车坐在船上便可以从江面走来走去了。木船不会自己走动，作为它的人造的脚有着木桨，舵，篙竿和船夫的手臂。在白龙江，还得加上拉纤夫。由于江水奔流得很急，木船必须先让许多拉纤夫背着纤索拉到上游，然后斜斜地划过对岸去。

今天，一个拉纤夫被白龙江吞食了。当我们的汽车到了宝轮院便碰着这样一个悲惨的消息：今天淹死了一个人。到了江边才知道是一个拉纤夫。

我们下了车，站在江边眺望。江水从左前方的山峡间冲出来，由于山势的控制，突然转了一个九十度的角度的大弯，然后伸直地奔向另一山峡。碰着了挨近江边的或隐或现的石头它便发出阴郁的怒吼。

在对岸，三辆载着故宫博物院的古物的汽车停着，像三只愚笨的甲虫。在挨近对岸的那边，一条狭长的沙坝静静地伸入上游，伸入水中。

今天，那个不幸的拉纤夫就是为了一辆载古物的汽车要过河，就是背着纤索走在那条沙坝上，走着，走着，一下失足落到水深处去了。奔流得急的江水带走了他，没有一点声息。没有捞着尸首。

他还有年老的父母。他还有妻子和一个小孩。不幸的消息到了他家里，他的父亲用脑袋在石头上撞，他的妻子哭着奔到江边，要跳水。

其他的拉纤夫们简单地，零碎地把这些说了出来，似乎心里都填满了悲戚和愤怒。他们一定在想着这种职业的悲惨性。他们每月工资七元至九元。淹死后的抚恤费每人三十元。他们每人穿着一件青布背心，在胸膛的两边现出六个白布做成的字，每边三个："昭化车站船夫"。

一个年青的小个子粗野地骂着，说他们今天忙得还没有吃晚饭，说那位死者正当他的母亲把午饭送来；他才吃了两口便放下，便去拉纤，便死了。

天色已晚。从远远的山峡间，黄昏像蓝色的薄雾一样慢慢地展开。

我们的汽车还是停在河边。我们到时木船已划过那边了。隔着相当宽阔的河面，我们望见那边的一辆古物汽车像愚笨的甲虫那样蠕动着爬上了木船，那边的一些拉纤夫弯着身子，背着纤索走在那条沙坝上，然后那只木船终于越过疾流，宽阔的河面和困难，斜斜地冲到了这边渡口。

这时我在想着一张旧的成都《新新新闻》上的一条消息。那是关于中英庚款本年度的分配计划的。中间有一项是垫付故宫博物院古物运费六十余万元。

我们的汽车决定开回宝轮院去过夜。宝轮院离郭家渡十里，在申报馆的地图上是"保宁院"。在那里的车站的门前挂着这样一个木牌："四川公路局昭化车站"。但昭化县城还在几十里以外。

白龙江在阴郁地奔流着。

当我正坐在烛光下记着日记，老杨喊我们出去看"啄啄神"。

不远的一家人户的门前已挤满了人。我们从人的肩头间望进去。屋子里摆着两张方桌子；里面的一张上供着一个塑成坐着的姿势的神像，伸着两只胖大的腿和脚，像一个大胖子；外面的一张上点着香烛。桌子的右边，一个男子在做着法事。他穿着蓝布衣服，和普通农民的装束一样，只是头上用红布缠着几片像花冠一样颤动着的白纸。他低着头，躬着背，不住地可怕地颤抖着，颤抖着，过了许久，然后用手拍着桌子，摇着"师道圈"，然后抱着神的右脚，一边用脸去擦，一边继续颤抖，然后跳了几下，用一种奇异的毫无意义的声音唱了起来。在旁边，另外有一个人在翻译着，说的是病人得病的原因。

我们回到栈房后，一个伙计告诉我们那家的小孩病了，所以请"啄啄神"来医治。"'啄啄神'会检药呢，"他说，"有一次，那个请啄啄神的人正在扶着神的脚检药，一个兵进去看。突然给他一耳光，叫道：'你不扶着，看它还动不动！'结果它哪里会自己动呢。"他说那个人专靠"啄啄神"吃饭。降神一次可以挣几角钱。"啄啄神"是木头做成的，手脚可以活动。

这使我想起了伊凡诺夫的《当我是一个托钵僧的时候》。当那小说里的主人公第一次公演吞剑的把戏，当剑插入他的喉头，痛得很厉害，当他的班主向他说，"你怎么不向观众笑呢"，他便忍痛做出笑容。

谈写诗

1

这里有许多篇诗和一些关于写诗的问题。

这些作品都是学习写诗的青年朋友们寄来的。他们中有的说:"平时很喜欢阅读文艺作品,尤其是诗歌,特别爱好。自己也喜欢弄弄笔墨,写一些自己心中所想写的东西。"有的说:"在摸索中,有好多年了。虽没有继续不断地写,但总在写。"

然而有一些问题苦恼着他们。

他们首先要求知道他们所写的是好或者坏,为什么好,为什么坏。他们往往不满意自己的作品,但又不知道缺点在什么地方。

其次，怎样写诗这个问题就被提出来了。或者问初学写诗者应该注意一些什么事项；或者要求明晰而普通地解释诗的技巧问题；或者是一些更具体的疑问：如何利用口语，抒情诗的范围为什么很狭小，等等。

又其次，是个学习问题：读些什么？

最后：这样写下去，有前途和成就么？

2

要概括地提出一个标准，用它去衡量任何一篇作品的好坏，我是感到很困难的。还是从具体作品谈起吧。

比如，这里有一篇纪念七七的诗：

> 七月七日，
> 这是值得全人类怀念的日子，
> 就在七年前的这天中，
> 我们揭起了惊天动地的战争，
> 向世界宣告了法西斯的罪行。
> 已整整的七个年头了，
> 爱好和平的人们全参与了这场撕拚，

为的不再作奴隶。

　　也不再去为他人的喜怒去死或生，

　　从这天起，我们才真正的在做人。

　　下面用同样的调子写的三节，意思是差不多的：七月七日是个伟大的日子，中国人从这天起翻了身，而最后则归结到法西斯蒂①的快要崩溃。

　　我想大家都会说这篇诗不大好。

　　为什么呢？

　　我想有的人会说出这样一个理由：这篇诗没有给与我们一点新的东西。

　　给与一些新的东西，这也可以说成了创作的原则之了。一种新的生活，一种新的人物，或者一种新的情感，总之，打开一个新的世界。据说，旧俄罗斯早期的作家们，是照例以一些"高贵"的人物作主人公的；当果戈理这一派新的作家把农民，贫民窟，醉汉，小职员引到文学世界里来了之后，贵族读者们也曾经这样叫过："使农民充满于文学中，这有什么意思呢？"然而正是果戈理这一些写实主义者给旧俄罗斯的文学带来了一个光辉的时代，那些高贵的作

---

① 法西斯蒂，指法西斯主义的组织或成员。

家现在却没有什么人读了。后来，自己即是从下层里面来的高尔基，更是以一些在文学中未曾出现过的生活，人物去征服了当时的俄罗斯，并震惊了欧洲。

所谓新，并不是离奇，并不是由幻想得来的，而是原来就存在于现实世界中，于人类生活中。那些故事原来就在那里进行着，纠缠着。那些人物原来就在那里呼吸着，受难着，斗争着。只是在以前，未被人写过，或者即使写过了然而是粗浅的，歪曲的；等有那样的作者以思想的光去照亮了它，以艺术的笔去描绘了它，它就活生生地像一个新世界展开在我们的面前。

因为它是原来就存在着的，而又经过了集中与典型化，经过了艺术的加工，所以文学有普遍性。因为它是过去不曾写过的，或者不曾这样地写过的，所以文学又有独创性。

同时，这也可以说明为什么世界上竟可能产生那样多的好作品，而且在许多历史上的大作家完成了他们的业绩之后，后来者还大有可为，还依然有其用武之地。因为人类生活是极其广阔，而且更重要的，又是在不断地发展着，变化着的缘故。

像刚才我们所举的那篇诗，的确是没有告诉我们什么新的东西。七月七日，是一个值得纪念的日子，中国在这一天向日本法西斯开战，我们不再是奴隶了，等等。假若在七七那天，我们有一位朋友或者一位陌生的客人跑来对我们这样恭喜一番，讲这样一通话，即使我们觉得这个人爱国可敬，热心可嘉，我们总会不满足或者甚至厌烦吧。既然我们平常谈天都不喜欢听老套，文学怎么能容许呢。

这种缺点似乎还是相当普遍的。这里还有一篇《凭吊》，是纪念屈原的。它的作者告诉我们他写作的过程。一天，他听见江边的锣声响着，他突然想起了这位伟大的诗人，于是他就提起笔来，一口气写成这篇诗。然而，虽说流露着少年的热情，这篇作品还是不能使人满意。它开头说，二千年了，我们并没忘记屈原；我们还在江水上用彩船抢救着他的灵魂；接着问，屈原，你为什么要投江自杀，是谁逼你的；最后就叹息屈原的死只博得当时奸人们的欢快，而徒留给后世一个纪念的日子。这样的意境，这样的对于屈原的追念，不仍然是相当一般化吗？

还有一篇《悲愤》。写作者和他的一个朋友一同受了时代的震荡，离开了家园；后来他们分别了；别后半月，朋友的来信却充满了凄凉与酸辛，说苦难的人终于逃不了苦难的境地；于是作者一面难过，一面鼓励着他的朋友：

漫地是荆棘，

漫地是陷阱，

但是，我亲爱的，

荆棘你要把它辟光，

陷阱你要把它填平，

以你神奇奥妙的心灵与技巧去拚，

获得平安，愉悦，光明！

诚然，这里面有着少年人的可贵的友情。同情着朋友的坏境遇，鼓舞着他向上，斗争，这都是一片好心。但是，朋友的苦难的境遇到底是什么样的情形呢，作者除了用一些泪痕，低咽，啜泣之类的字眼来形容之外，一点也没有把具体的事实写出来。而最后的鼓励也就近乎老套了。作者在信上这样问："我为什么不能像人家那样写得那样声色动人呢？为什么措词赶不上人家呢？"其实主要的这还不是措词问题（虽然作者也的确用了许多陈旧的词藻），而是内容的是否充实与深刻的问题。

这两篇诗的空洞与一般化的程度，比较那篇纪念七七的诗当然不同一些。但我觉得其病象是属于同一类型的：没有给与我们多少新的东西，这主要由于作者的生活经历与思想修养还不够，在初学写作者这往往是难免的。

当然，必须再补充说明的，我们不喜欢听老套，但也不愿意被欺骗，被蒙蔽，我们并不欢迎歪曲事实的怪话与谣言。

3

也许有人说：你这是在谈一般文学，并没有谈诗。

诗，首先是文学，其次才是诗。

就是说，诗首先和文学的其他种类（小说，散文等）是相同的，同样是人民生活在人类头脑中的反映和加工的结果；其次才有其特点，有其与文学的其他种类不同之点。

最明显的不同于小说，散文的，诗的句子比较短。无论中外古今，无论有韵无韵，无论分行不分行，诗总保持着句子短这个特点。

这难道仅仅是一种习惯吗？

不，我觉得这种形式上的差别是由于诗的内容上的特点而产生的。

我们在呼喊时用简短的语句。我们在歌唱时也用简短的语句。

呼喊，歌唱，诗，在艺术的起源上这是不能分开的。

诗，是人在激动的时候，是人受了客观事物的刺激，其情感达到紧张与高亢的时候的产物。至少最初的诗是如此。假若后来的或者现代的有些诗这个特点减弱了，甚至消失了，那反而是一个致命的弱点。当然，这种激动，这种情感，是还要问其内容如何的，问其为了什么的，并不是任何激动与情感都可以引人同情，都可以叫作诗。因此诗就有了另外一种含义，成了一个形容词。我们常常称赞某种动人的行为或自然风景也说：很有诗意。其实所谓诗意，也是在变动着，因为我们的伦理标准在变动着，我们的诗作者所歌咏的主题也在变动着。某种行为，某种自然风景，由于曾经被许多的诗所歌颂过，于是我们在实际生活中碰见了它们，就觉得很有诗意。唯有真正的艺术家能够打破这种历史的成见与传统，从新的时代找到他所要讴歌的事物，创造了新的诗。今天是一个新的群众的时代，最好的诗的源泉，或者说我们最应该感到富于诗意的，不是个人的哀乐，不是自然的美景，而是人民大众的生活与其斗争。最好我们抒情能抒人民之情，叙事能叙人民之事。

所谓抒情诗，叙事诗，不过是我们分析前人的作品或直抒所感，或歌咏事件而有的名称。其实严格说来，我觉得叙事诗应改称咏事诗。当中学生的时候，我们大概都读过《长恨歌》与《长恨歌传》，《圆圆曲》与《圆圆传》。去比较那诗与文的差别吧。在那有格律的韵文形式的内部，是流动着反复歌咏的情绪的。他们不是在讲说一个故事，而是在歌唱一个故事，因此抒情的成分还是很浓厚。欧洲古代那种长篇的叙事诗（史诗）已经被近代的长篇小说所代替了，然而中国旧的诗传统中的这种不大长的咏事诗形式我们还是可以利用的。我们感到抒情诗的范围太狭小，那是由于我们诗的作者所接触的世界太局部，而又还是带着知识分子的思想情感的缘故。假若我们所歌唱的是广大人民的生活，而又的确能代表他们心里的声音，则无论抒情，无论叙事，都将有一个极其广阔的天地与气象。

总括起来说，诗也是现实生活在人类头脑中的反映和加工的结果，不过这种生活是一种更激动人的生活，因此这种反映和加工就采取了一种直接抒情或歌咏事物的方式。而诗的语言文字也就更富于音乐性。在过去，中国和外国的诗差不多都是一种有格律的韵文。

在这里，我想可以开始回答"初学写诗者应该注意一些什么事项"这个问题了，我首先要说：不要只是埋头写诗，读诗。

这也许太近乎一种怪论了，劝写诗的人不要太专心一意地去写诗。然而这个忠告是包括着一个沉痛的经验的。我自己，是高尔基所说的那种由于生活空虚，所以开始写作的人。据高尔基说，这是文学上的浪漫主义产生的原因。然而在我的身上，浪漫主义也并没有产生出来。我在初中的时候，就开始喜欢写着一些短句子的东西。我也是"在摸索中，有好多年了。虽没有继续不断的写，但总在写"。
我开始受了一些中国新诗作者的影响，后来又受了一些外国的诗作者的影响，也曾经有过专心一意地去写的时期。然而，不用说那些早期的作品，就是抗战以后写的一些诗，我最近有机会再找来翻了一下，它们也给了我一个如何可慨叹的失望呵。这个时代，这个国家，所发生过的各种事情，人民，和他们的受难，觉醒，斗争，所完成着的各种英雄主义的业绩，保留在我的诗里面为什么这样少呵。这是一个轰轰烈烈的可歌可泣的世界。而我的歌声在这个世界中却显得何等的无力，何等的不和谐！对于这个世界，我实在是知道得太少了，而且就是我窥见这样一个角落，我过去也不能正确地去理解。

广阔地生活，深入地生活，到群众中去，到火热的斗争中去，而又从实践与科学的理论去学习掌握正确的立场，观点和方法。对于学习写作的人，这是最重要不过的事情。

小有产者出身的知识分子必须与劳苦大众结合，必须与他们的事业紧紧地联系在一起，并从与他们结合的过程中去消掉家庭，学校，旧社会给与我们的许多不好的教育与影响，使我们思想情感得到改造。这是今日中国知识分子的必经之路。想从事写作者也不能例外。

至于学习技巧，读些什么作品，那实在是次要的事情。

抱歉得很，我实在不会"明晰而普通地解释诗的技巧问题"。

大概最能圆满地表达我们要抒写的内容，而又最容易为广大的读者所接受的，那就是最好的技巧吧。而每个作者，由于其生活，修养，写作内容的不同，是有不同的作风，不同的表现方法的。

中国的新诗我觉得还有一个形式问题尚未解决。从前，我是主张自由诗的。因为那可以最自由地表达我自己所要表达的东西。但是现在，我动摇了。因为我感到今日中国的广大群众还不习惯于这种形式，诗不大接受这种形式。而且自由诗的形式本身也有其弱点，最易流于散文化。恐怕新诗的民族形式还需要建立。这个问题只有大家从研究与实践中来解决。

读前人的成功的作品自然是学习技巧的方法之一。但要记住那只是借鉴，只能够批判地吸收。硬搬与模仿是不行的。因此，要多读，中外古今的都读，不要养成一种狭隘的趣味与嗜好。而且不要只是读诗，还应该多读其他种类的文学作品。而且不要只是读文学作品，还应该接受各种文化遗产，文化知识。

中国二十多年来的新诗的历史可惜还没有人总结过。这笔账好好的算一下，是可以得到许多经验教训的，对于我们定有益处。历史的理论的总结假若难于作出，有人细心地，客观地，而又有见地的编选一部中国二十多年来的新诗选出来也好，对于研究新诗如何向前走也是很有帮助的。

4

还想谈一点具体作品。

就再对同时将在这个副刊上发表的《厌恶和诅咒》和《该遭劫》，说几句话吧。

前者是作者的直接的鞭打。后者，借用一个四川小地主的口吻，也同样是一篇诅咒。

这两位作者都寄来了好几篇诗，这两篇我觉得是其中比较好的，它们都反映了一定的现实生活，他们的诅咒并不是空空洞洞的，这两位作者的另外的作品，或者是歌咏"东风"的，说东风吹绿了原野，吹开了封锁着太阳的云雾，而称它是春天的脚步，愿意乘着它走遍天涯，为这严寒蹂躏下的人间带来了春天的温暖，或者唱着"沉痛的歌"，说一个年青的男子背着太阳呜咽，因为他过去的日子是一长串凄苦的回忆，他不知道他的生命，青春是为着什么消耗了，又不知道他将怎样地死去，则也是近乎老调子的作品。那意境和写法，仿佛我们早已在什么地方看到过了，而且不止一次了。那仍是一种从书本上来的诗，而不是从生活里来的诗。

但是，这两篇比较好的作品是否还可以进一步讨论其缺点呢？

先来看《厌恶和诅咒》。

这个披着现代化的外衣，而却有着中世纪的内容的城市之可诅咒，作者主要举出了瘦的马正被鞭打这样情景来说明，在作者的意思，这或者是用来当作一种代表，一种象征。然而今日的文学，象征实在不能解决问题，光明不是一个太阳所能代表；黑暗也不是用夜晚所能形容。文学不能罗列现象，但一个譬喻，即使是一个非常妙的譬喻，也还是不足以说服人。假若让一个劳动者来说明这个城市，那恐怕不会以拉马车的马匹被鞭打着这个情景来概括，而将更直接地举出一些更残酷的事实，因而他的厌恶和诅咒将是更有力的。

还有语言文字。这篇诗的表现形式是太像某一类型的诗了，就是那种相当欧化的，便于知识分子用来表达其曲折与错综的思想情感的自由诗。一个最显著的缺点是它和一般群众的语言实在距离得太远。

另一篇《该遭劫》的语言却是个相当生动的，不像书本上的语言，知识分子的语言那样干枯，死板。

然而这篇诗的作者在信上说，他感到把许多口语写进作品，不像一篇诗。我想这恐怕是因为他对于诗，先有了一个定型的概念的缘故。他也许觉得这些口语从来没有上过诗篇，因此写出来不大像诗的语言。但是我们现在正是要打破那种定型的诗的概念，改变那种知识分子的语言的传统。

　　当然，文学作品里运用地方语言还是有些问题存在着的。一种地方语言，对于自己也说这种语言的读者是亲切而又生动；但对于不熟悉的人便成了一种困难。但假若不是为了用来装饰作品，为了猎奇，而是出于描写某种生活，人物的必要，地方语言还是应该大胆地使用。地方语言可以丰富文学的语言，而反过来，文学作品又可以使地方语言普遍化。还未普遍化的时候，可以加上注释。

　　这篇《该遭劫》的语言文字上的主要缺点我认为倒不在于用了许多四川话，而在他还不够写得经济，洗练。还没有做到将自然的语言提高为文学的语言。我所略去了的诗中叙述探哨队敲竹杠，上粮的不公平那两段尤其啰嗦，上面所说的那种诗的特点，带着激动的情感去歌咏的特点，是很薄弱的。此外，这些苦楚，到底还是"咬了线头穿针屁眼，还算过得去"的人的苦楚，讲起来还不是顶悲惨的，顶使人同情的。这或者更是使我觉得啰嗦的一个内容上的原因。这也是这篇诗的一个更重要的缺点。

5

还有什么问题没有回答吗？

成就与前途。

年纪青青的，为什么就那样急于成就或那样关心个人的成就呢？只要我们把个人的努力与劳动人民的伟大的事业紧紧地联结在一起，无论在任何岗位上，做任何事情，我们都将有成就与前途的。写诗或者不是写诗。从事文学或者不是从事文学。

勇敢地航行呵，穿过波浪，穿过风和雾，到群众的海洋里去吧，到未来的新大陆上去吧，不要死死地把自己停泊在诗或文学的港口。

七月二十八日写完

附记：第四节谈到的两首诗，《厌恶和诅咒》附录如下：

为你所蹂躏过的，

为你所践踏过的，

它披着现代化外衣，

而不是中世纪底城市。

这里

道路上急驶着

马匹拖着的沉重的车辆。

皮鞭在马匹底饥瘦的背脊上用力地急速地抽打，

轮子不断地在转动，前进，

灰尘像刮飓风似的

在后面飞扬。

凝视着这情景，

唱出我厌恶的

诅咒的诗句，

你这文明底讽刺品，

死灭吧！

我是为着生活而来的呀，却不是为了欣赏

鞭子底下出现的奇迹。

（以下被检查掉数行，南陵作）

《该遭劫》当时在某报副刊上即未能登出。现在只记得是写探哨队到乡下敲竹杠，上粮不公平，与拉壮丁等民间疾苦的，全用四川口语写成。

一九四四年十月二十九日

南行纪事

序

前年四月，随林老南下，过西安住七贤庄。为着少麻烦，我们就相戒不出门，关门读旧小说，翻旧报。好几年了，没有过过这样空闲的日子。无聊之余，就胡诌了四首打油诗。但求可读，管它平仄：顺口凑韵，不分庚青。旧形式便于记忆，至今未忘。现在默写出来，并加注释，或者从其中也还可以看见一点东西。前年出来后，去年一月又曾北上。九月，日寇投降，又南来，在这来来去去之间，当然还有许多印象和感触。若得暇，也许还可继续用这种形式纪录我那些旅途见闻，但到底哪天才能实现，则很难

214

说了。

七月二十九日夜

一

贵客来自陕甘宁，

街上哨兵赶行人。

哨兵又被官长赶，

破着裤裆难为情。

【注】　林老前年出来，因系受政府党之邀请，沿途可谓颇被"优待"。洛川专员率县长迎于车站，并招待吃饭住宿。车上的人被专员招待；车上的行李书报都被检查所招待：彻夜检查，到天亮时尚不能放行，以至数次派人往催。车行至中部，中部驻军某师长等亦迎于城外，设宴洗尘。下午，至宜君境某小镇，车子停下来修理零件。这镇上也有驻军，一时甚为紧张。马上给我们站起哨来了，行人为之断绝。有过路老百姓，辄被哨兵大声喝走。哨兵在临街一平台上走来走去。时已四月中旬，天气转热，这位背着枪走来走去的哨兵犹穿棉衣棉裤。棉衣下面烂去了半截；

215

棉裤亦破了裤裆，败絮突出。街旁木门里面，亦锁有尚未成丁之小兵，偷偷从门缝中窥视。这真弄得我们摸不清是怎么一回事。仿佛把我们当成老虎似的，真是光荣地孤立起来了。到了后来，像小说一样还发展到一个顶点，那位站在比街高一些的土台上的哨兵，突然被一个官长模样的人出来把他大声赶走了。我想，那位哨兵一定也会和我们一样莫明其妙吧。我和一个同行者私自推测，恐怕系棉军衣太破之故。

二

一望平原麦色青，
今年又是好收成。
路旁尚有乞食者，
更有采食槐花人。

【注】 到了耀县就转搭陇海路支线同成路火车赴西安。西安当局为林老备花车一节，我们随行者也居然三人单独坐一头等车厢。尽管车拥挤不堪，也没有人被允许到我们车厢里来坐。中部驻军还派有一参谋长护送，他带的一个勤务兵也只敢在车厢外偷偷摸着我们穿的呢制服的衣

袖问："你们那边的兵都是穿这样的衣服吗？"过咸阳后，车向东开行，所谓秦川平原，完全是长得又青又高的麦地。在陕北住久了，举眼就是黄土山，忽然看见这样的好平原，好庄稼，这是比看见什么好风景还动人一些。车到一小站停下来。我们到车门口去买几个包子来吃。因为包子里的豆腐馅有些发酸了，我的一个同伴就只吃包子皮，把豆腐馅从车窗里扔下。马上，车厢外边有一个卖稀饭的老太婆用一只碗伸过来接住。这种情形，我也是好几年没有看见了。陡然碰到，说不清是一种什么感触，总之有些酸鼻。车子继续开行。车窗外的风景也真美。远远的天边，山峰透过云块出现，初初一看，以为是颜色深一些的云彩。铁道两旁，全是洋槐，时正开花，香气随风可闻。这时有一现象却又引起了我的注意。车过处，沿途都有人在采集槐花。有的是老人，有的是小孩、妇女。有的是老百姓，有的是兵士。采集的方法也有多种，或爬到树上用手摘，或用一带钩竹竿把树枝钩下来摘，或就提篮拣拾地上的落花。我觉得很奇怪，但却不知道他们采集去作什么。到了西安，西安报纸上的一篇小文章才把我这个疑团解开了。那是一篇小言论，批评西安的某些市民没有公德心，居然把公园里的和马路旁边的洋槐花摘去当饭吃。它说即使饿饭，也不应该这样。

三

西安广告花样新，

一身二头真奇闻。

怪事更有甚于此，

本保没有卖壮丁。

【注】　闷住七贤庄，一天就是翻西安的旧报纸，那真是从正版看到副刊，从副刊看到广告。那时《北极风情画》正在西安一家报纸上连载完了。作者还写了一篇后记之类的东西，其中有云，读者看他这本书，不过等于逛一次窑子，等等。读之亦觉可哀。仿佛从这也透露出来了这个旧世界的某些东西似的。广告也使我惊奇。有一个，是用四字韵文推销一身两头的婴儿照片的。妙在后面还痛诋有人翻版假冒，模糊失真。唉，不但有买这种照片的人，而且还有翻印这种照片抢生意的人，我真是步入了一个什么样的世界呵！翻过报纸来，还有这样一个启事：某区某乡第几保的保长申明他并没有五千块钱卖一张缓役证，什么人什么人用这攻击他都是假的云云。

四

心理教授讲座开，

劝人练习二十回。

监察专使巡各地，

发见学生砂眼来。

【注】　新闻当然也看的。但几年来看惯了延安的《解放日报》，三大版都是新闻消息，四版也是满满一面，却觉得西安的报纸看不出个所以然来。新闻是那样少，并且都是中央社中央社，张张报一样，乏味极了。但，有些不大重要的新闻却是有趣味的。一条是，当时西安的青年团请心理学教授萧孝嵘作讲演，报上发表了他的讲演纲要。最使我不能忘记者，是他着重地讲了这样一点，说根据心理学的实验，一件新的事情重复二十遍就不会忘记，因此他劝学生对什么功课都作二十遍复习或练习。还有一条是，某监察专使巡视陕西各地后在哪里作报告，其中有一项是他发见许多小学卫生讲得不好，小学生患砂眼者有百分之七八十以上。其他各项大抵也是与这差不多的事情。

谈苦闷

有时候我们说，"莫名的苦闷"。其实苦闷都是有名字的。

苦闷由何而来呢？总是由于我们的主观愿望不能实现。英国诗人勃朗宁有一句诗，可以说是对于苦闷的最好的说明：

梦呵，争着去做，抢着去做，而做不成！

我们的主观愿望，我们的梦，又为何不能实现呢？这又总是由于客观环境的限制。最初的时候，人把这叫做命运。到了现在，我们知道世界上并没有什么不可知的神秘的命运，而阻碍我们的主观愿望实现的客观环境是可以认识的，因而也就是可以改变的。

所以，对于主观愿望的分析，就可以叫出苦闷的名字。对于客观环境的认识，更可以找到解决苦闷的方法。

现在有两种最普遍的苦闷。一是关于大局的，一是关于个人前途的。

前几天读过朱自清先生一篇叫做《动乱时代》的文章。那上面说，现在苦闷笼罩着全中国。因为在抗战当中，人们想胜利以后总可以喘一口气，总可以得到一个小康的局面，然而现在得到的是失望。朱自清先生所说的这种苦闷，求一个小康局面都不可得的苦闷，恐怕是很多人都感到的吧。关于个人前途的苦闷，在青年朋友中尤为普遍。或者是想升学而不能升学。或者是想找职业而找不到职业。或者是有学校住，也有事作，然而并非理想，不能满意。流光易逝，前途茫然。凡是有志向的青年人，谁不焦急烦闷？

而这几种苦闷又往往联结起来，互为影响。由于大局的动荡不安，个人的道路就越是狭窄。由于个人的愿望不能满足，对于大局的期待或愤懑就越是热烈。《大公报》载过一条消息，说沈阳的青年在墙壁上写着这样的诗句："我愿变成野火，烧掉一切。我愿变成洪水，淹没一切。"不管这种愤懑的青年到底是多是少吧，这心情却是可以理解的。

从某一点意义上说，苦闷是好的。因为苦闷就是对现实不满，而不满正是改革的起点。

然而，说得更完全一些，只是苦闷又是不行的。苦闷可以走向改革，但也未必一定走向改革，尤其未必一定走向正确的改革。

苦闷也可以走向消沉悲观。愿变野火烧掉一切，愿变洪水淹没一切，到底不过是愿望而已，而且是明知做不到的愿望而已。此愿不达，又如之何？假若找不到正确的出路，苦闷之火要不就是最后烧掉自己，要不就是慢慢地熄灭下来。仅仅是愤世嫉俗，往往是容易和逃避现实相通的。

苦闷还可以走向盲目的反抗。反抗诚然是英雄的行为，但盲目的反抗却总只能得到失败。在过去，在不可能被科学的理论武装起来的人，他们的盲目的反抗还可以说是只能如此。在现在，在容易获得科学的理论的人，而犹满足于盲目的反抗，则只能说不应如此。这样的人，假若不能从碰钉子中摸索到规律和道路，那也要不是不必要地碰了自己，就会有一天终于碰得垂头丧气，消极起来。

与这两者相反，既不是盲目的发泄，又不会变得消沉悲观，而能真正解决苦闷的办法是这样的：

我们首先要认识客观现实。假若我们的主观愿望是合理的，正确的，既不是荒唐的幻想，又不是错误的企图，那么毛病就在客观现实方面。就是说，在客观现实里面存在着与我们作对的事物。我们应该比较全面地研究一下客观现实。阻碍着我们的事物是些什么，有利于我们的条件又是些什么，它们的情形各如何。我们还应该从历史发展方面来研究。今天的现实是怎样发展来的，又将往哪个方向走去。

根据对于现实的认识，然后来确定我们努力的目标与道路。那么我们的目标就不是空想，不是奢望，而是可以达到的；我们的道路也就是明确的，有步骤的，可以走得通。

然后我们的不屈不挠的努力，和我们的同伴们来一起努力。而且用实践来证验或修正我们的计划。

这样的办法也许很不适合那些主观热情家与主观浪漫派的脾气。然而，要事情办得通，就只能这样理智，这样按部就班。生在这个科学的世界，航海尚要带罗盘，修房子尚要打图样，我们走人生与事业的道路却难道可以闭着眼睛，胡乱闯去吗？鲁迅先生说："其实地上本没有路；走的人多了，也便成了路。"鲁迅先生又说："什么是路？就是从没有路的地方践踏出来的，从只有荆棘的地方开辟出来的。"就是在今天，我们仍然很需要这种勇于开辟与富有创造性的精神。然而，应该补充说明的，凡是能成为路的路，必须引向一个众人所要奔趋的目标，必须众人经过它真能达到目的地。胡乱闯去者未必是路。引着众人去碰壁者更不是路。

试以解决对于大局的苦闷为例。消极悲观，袖手以待，固然不对。盲目发泄，否定一切，又何尝能解决问题。经过了八年的抗日战争，要求能够喘一口气，要求一个小康的局面，这是异常合理的愿望。这是绝大多数中国人的愿望。然而，中国人民却事实上又如此多灾多难，无可逃避。我们只有正视这种灾难，认识它，并尽每个人的力量来提早结束它。中国人民断断续续地苦于战争，已达百年之久。不是对外的战争，就是国内的战争。这难道是偶然的，不可解释的事情吗？不是的。这是应该从中国的国情去找原因的。如大家所知道的，中国是没有独立也没有民主的国家。有些时候，外国侵略者自己动手用武力来掠夺中国的土地财富，这就是鸦片战争，甲午战争，抗日战争。有些时候，外国侵略者各自扶植他们在中国的代理人，想经过这些人来控制中国，这就是民国以来的军阀混战。到了后来，中国的国情有了大的变化，中国人民更觉醒了，更组织起来了，于是外国的侵略者与国内的封建买办势力就联合起来向人民作战，这就有了第三种性质的战争，即抗日以前的内战与今天的内战。这第三种战争与前两种战争不同。从这不同，我们就知道了是非所在。今天的内战又与抗日以前的内战不同。从这不同，我们就知道了中外恶势力虽然仍有着一时的表面的强大力量，但中国人民的觉醒与组织却已达到了空前未有的程度，加以中外恶势力是孤立的，不合乎世界潮流与人心趋向的，我们就知道，不管要经过怎样的困难，这个战争最后还是要被停止，和平独立民主的新中国还是要出现。这样，"前途是光明的，道路是曲折的"就可以理解，而我们也就不至因为一时的逆转而丧失了信心与努力方向。相反地，每个人都可以根据自己的情形与力量来缩短这曲折的过程，争取光明的局面。

又试以解决关于个人前途的苦闷为例。在理想的社会里，应该人人有书读，人人有事做，并且应该是适合个人志愿和发展的学校，工作。失学失业，找不到合式的学校和工作，这是不合理的现象。然而，在整个社会没有改变之前，这种问题是不可能得到根本的和普遍的解决的。我们除了从这样的认识以建立改造社会的志愿之外，也还可以按照每个人不同的情形寻找某些个别的曲折的解决办法。邹韬奋先生的《经历》中叙述得有他的求学和就业的经过。他的家境是不好的，总是"这学期不知道下学期的费用在哪里，甚至这一个月不知道下一个月的费用在哪里"。然而由于他自己的努力，或靠投稿翻译，或靠暑假内作补习教师，或辍学几个月去当家庭教师，或一边上学一边兼做家庭教师，终于在大学毕了业。他最初是学工程的，他的兴趣却不近于工科，然而由于他自己平时对于文科方面的书籍也读得不少，终于转学到旁的大学去读文科。出了学校，在就业方面他也并不是一下就找到了最适合于他的职业。他本来是想进新闻界的，因为没有机会，于是他就作英文秘书，作英文教员。后来编一个小小的《生活周刊》，由于他的认真编辑，由于他的为读者服务的精神，竟把它办成销行到二十万份的著名刊物。而韬奋先生自己也就最后成为伟大的著作家，政治家。韬奋先生关于他这段求学与就业的经历还给了一个很好的总括，他叫它做"走曲线"。他说，"我们所处的实际环境并不是乌托邦，有的时候要应付现实，不许你走直线，也只有走曲线"。他又说，"走曲线并不就是失败"。韬奋先生就是这样的从实际经历中得到了这个唯物论的真理的。由于客观现实中还存在着不利于中国人民解放的中外反动势力，中国人民还要经过残酷的奋斗，因此中华民族的道路是曲折的。同样的，由于这还不是一个理想的社会，还存在着不利我们的个人志愿实现的条件，我们个人也还需要艰苦的努力，因此我们个人求学就业的道路有时也要走曲线。只要我们有理想与目标，只要这是基于对客观的现实的研究与认识，那么这种曲折就是必要的，而非浪费的了。

这样的说法也许更不适合那些主观热情家与主观浪漫家的脾气。然而，我们是辩证唯物论者，我们是按照实际情形办事，我们是根据客观事物的规律办事，我们不能只凭热情和幻想。正因为这样，我们才能解决苦闷，我们才能改造现实。正因为这样，我们才能既有远大目标，又能踏踏实实地工作，而且——

工作啊，争着去做，抢着去做，而做不完！

这不像一句诗。这也不如勃郎宁的原句那样沉郁动人。然而，这是我们的充实的，有意义的，比诗还要崇高的生活！

记冼星海同志

冼星海同志来延安的时候，正当我将要动身到前方去。在这短短的时间内，记不起和他有过什么个人接触。但是，他那热情地在群众中指挥着歌唱的景象还鲜明地留在我的记忆里。他一到延安就是很活跃的。到处去教唱歌。在鲁艺，似乎首先是教唱《青年进行曲》。因为这个歌的后一部分他略有改动，与已经流传开的唱法有点不同，所以他一到鲁艺就教大家唱这个歌。那时鲁艺还在延安城北门外，还是草创时期。没有大的教室，也没有礼堂，他就在运动场上站着教大家唱。场子外面，就是一片长着草的坟地。想起这些，抗战初期的延安那种艰苦简陋然而生气蓬勃的景象就完全回到了我心里。冼星海同志一来到延安，他的活动与作风就和这种空气很和谐。

　　一九三九年七月，在前方跑了九个月之后，我回到了延安。我听了冼星海同志的《黄河大合唱》。那是一个惊心动魄的有力的作品。虽说对于音乐我几乎近似聋子，连听音乐的训练我都缺乏，这个大合唱却震慑住了我。也许有的人会认为冼星海同志的这个大合唱和其他作品还难免常常带有泥沙吧，但是，正像黄河一样，泥沙不但不妨害它成为黄河，或许甚至于还是它构成波涛汹涌的壮观的特点之一。这当然是我今天的艺术见解。在当时，我是还没有足够的认识与勇气来这样承认冼星海同志的作品的。听了《黄河大合唱》，虽说的确也震慑于它的气魄，但我当时却并没有热烈地向作者或向旁的同志表示赞扬。这不是由于我对音乐完全无知而来的谦逊，而是由于我当时的艺术见解的限制。那种艺术见解是那样可怜，对于已经在广大群众中证明了它的成功的，甚至于在自己的心上也引起了震动的艺术，却仍然矜持地带着保留态度冷淡它。

　　就在我离开延安的短短几个月中，冼星海同志不但产生了许多作品，并且组成了，训练了一个很大的合唱团。除了音乐系的同学，这个合唱团还吸收了他系的同学，学校职员，以至勤务员。有一个叫刘明的小鬼就是冼星海同志选拔了出来，参加了合唱团，而且为他所喜爱的。在

《黄河大合唱》的表演里，就有他。我离开延安前，这是一个很顽皮的脾气不好的小鬼。现在，他在音乐方面有了表现。冼星海同志的这种做法正是一种朴素的群众路线。

那年九月，鲁艺就搬到桥儿沟去了。冼星海同志和我就住在一排窑洞。那是鲁艺的教员区，叫东山。相隔不过十来个窑洞，差不多站在门口就能够互相看得见，叫得应。可以算是很邻近了，然而我和他之间的个人接触也仍然并不多。

他是一个比较木讷的人，不善于吹谈，也不大找人吹谈。他不是一个人曲身坐在窑洞里挥笔作曲，就是和同学们在一起忙什么。他那时是音乐系主任。这是他那一方面。在我，则那时我们文学系的几个比较接近的教员有一种不好的作风，喜欢我们自己在一起高谈阔论，旁若无人。现在想来，其实我们并没有什么可以自负的地方。我们几个在文学上都还没有什么成就。但是，人有时候就是这样可笑，有了成就可以成为"包袱"，没有成就也可以成为"包袱"，因为他可以满足于他幻想中的未来的成就。他系的教员已有对于我们这种作风表示不满的了，然而我们并不引以为戒。我们无形中自以为我们从事文学的人思想性强一些，而高谈阔论正是我们思想性强的表现。事实证明了这种自负的悲惨：文学系的教育我们没有办好，我们自己也没有写出怎样有价值的作品来。

冼星海同志却是一个埋头用功的人。新的歌子，合唱不断地产生。他写一个大合唱总是紧张地写七八天即完成。有时我们到他窑洞里去，他把他正在写着的《民族交响乐》的写成部分搬出来给我们看。那已是厚厚的好几大本了。他向我说，他已经写坏了好几支派克笔。这，我想不仅说明他的创作的丰富，还可以想象他创作时的情绪的饱满与奔放，仿佛五线谱成了他的键盘，钢笔尖成了他的手指，他完全忘却它是容易磨损的金属了。这一点倒是我们文学系的几个同事所共同羡慕的，我们觉得一个真正的创作家是应该这样，和喷泉似的，不断地有作品奔迸出来。

一天他和我一起进城。那是一个晴朗的日子。蓝色的天空里太阳放着灿烂的光辉。为着怕敌机来袭，我们就不走那条要经过飞机场的平坦大道，而走后面山沟，并要爬一个山。在途中，他向我说，他读了我在《中国文化》上发表的《一个泥水匠的故事》。他朴素地同时很诚恳地说："我们应该反映工农。"他喜欢我那篇诗里所歌咏的那个农民的故事，他打算把它采取到他的《民族交响乐》里去。我说，"这有办法写到音乐里去吗？"他说："音乐是什么都可以描写的。"

那是一段长长的路程，我们零零碎碎地还谈了些别的。但是上面那段短的对话却突出地保存在我的记忆里，没有忘记。在当时，他的强调反映工农的主张并未引起我注意。我只是淡然听着，觉得不过是一种普通的说法而已（在下意识里，也许还轻视它，认为是一种教条主义，公式主义的说法）。的确，冼星海同志并不是一个对艺术理论很有研究的人，他并没有一套完满的理论来宣传他的主张。但是，由于他经历过贫苦的生活，由于他对于工农大众的解放事业怀抱着热忱，他能够朴素地认识这个真理，并且实行它。

一九四〇年五月，冼星海同志飞到苏联去了。他走后，延安开始了一个歌声消歇的时期，一直到新秧歌运动起来以后才又到处充满了歌声。那是鲁艺在艺术上强调提高的两三年。艺术水平啰，古典名著啰，写熟悉的题材啰，这一些东西被不适当地强调起来，把艺术和广大的群众隔断了。这是一个沉痛的经验。这说明假若我们对于艺术的要求不是从群众观点出发，不是把在人民生活中实际存在着的各种艺术，高的和低的，新的和旧的，首先是一律给以适当的承认，其次才是加以分别的改造或提高，这样来通过这个艺术大军去推动与组织广大的群众，而是从书本上的文艺理论出发，从文艺史上的名著出发，或者从个人主观的欣赏与要求出发，则我们所作的不过仅仅是削弱了以至阉割了艺术在人民解放事业中可能起的伟大作用而已。

当我们在延安经历着这个痛苦的错误经验的时候，冼星海同志却在苏联进行着艺术活动。假若这个时期他仍留在鲁艺，他是会成为当时的错误方针的俘虏呢，还是会不赞成呢，这是难于估计的事情。苏德战争爆发了。听说他曾在列宁格勒围城中。详细的情形是不知道的。有时我碰见他的夫人钱韵玲女士，我也问："最近得到星海同志的消息吗？"她总是笑着回答我："没有。"她一边抚养她的小女孩妮娜，一边也参加着音乐系的集体的政治学习与生产。她是在愉快的生活里等待着星海同志的归来的。

现在，苏联的爱国战争胜利地结束了，中国的抗日战争也取得了最后胜利。本来应该是星海同志回国的时候了。然而，代替他的回国消息的却是他在莫斯科因患肺病而去世。这，不仅对于他的亲属是一个意外的不幸，对于中国艺术界，也是一个无可补偿的损失。

名家散文

鲁迅：直面惨淡的人生

萧红：我的血液里没有屈服

胡适：天下没有白费的努力

季羡林：微苦中实有甜美在

许地山：爱我于离别之后

何其芳：紧握着每一个新鲜的早晨

叶圣陶：藕与莼菜

孙犁：人生最好萍水相逢

茅盾：斗争的生活使你干练

琦君：粽子里的乡愁

郁达夫：夜行者的哀歌

苏青：我茫然剩留在寂寞大地上

徐志摩：我有的只是爱

林海音：唯有寂寞才自由

庐隐：我追寻完整的生命

汪曾祺：如云如水，水流云在

丰子恺：我情愿做老儿童

陆文夫：吃也是一种艺术

朱自清：热闹是它们的，我什么也没有

宗璞：云在青天

老舍：有朋友的地方就是好地方

余光中：前尘隔海，古屋不再

冰心：繁星闪烁着

王蒙：生活万岁，青春万岁

废名：想象的雨不湿人

张晓风：年年岁岁岁岁年年

沈从文：每一只船总要有个码头

冯骥才：生活就是创造每一天

梁实秋：烟火百味过生活

肖复兴：聪明是一张漂亮的糖纸

林徽因：你是人间的四月天

梁晓声：过小百姓的生活

巴金：灯光是不会灭的

赵丽宏：闪烁在旷野里的微光

戴望舒：我的心神是在更远的地方

王旭烽：等花落下来

梁遇春：吻着人生的火

叶兆言：万事翻覆如浮云

张中行：临渊而不羡鱼

鲍尔吉·原野：为世上的美准备足够的眼泪